La Virgen de los sicarios

Fernando Vallejo
La Virgen de los sicarios

Título: *La Virgen de los sicarios*
Primera edición: 1994
Presente edición: noviembre de 2024

© 1994, Fernando Vallejo
Casanovas & Lynch Agencia Literaria, S. L.
© 2024, de la presente edición en castellano para todo el mundo:
Penguin Random House Grupo Editorial, S. A. S.
Carrera 7 # 75-51, piso 7, Bogotá D. C., Colombia
PBX (57-601) 7430700

Diseño de cubierta: Penguin Random House Grupo Editorial / Patricia Martínez Linares
Imagen de cubierta: © Ethel Gilmour
Guardas: adaptación de la imagen de Ethel Gilmour

Penguin Random House Grupo Editorial apoya la protección del *copyright*.
El *copyright* estimula la creatividad, defiende la diversidad en el ámbito de las ideas y el conocimiento, promueve la libre expresión y favorece una cultura viva. Gracias por comprar una edición autorizada de este libro y por respetar las leyes del *copyright* al no reproducir, escanear ni distribuir ninguna parte de esta obra, por ningún medio, sin permiso. Al hacerlo, respalda a los autores y permite que PRHGE continúe publicando libros para todos los lectores.

Impreso en Colombia-*Printed in Colombia*

ISBN: 978-628-7659-87-2

Impreso por Editorial Nomos, S.A.

Había en las afueras de Medellín un pueblo silencioso y apacible que se llamaba Sabaneta. Bien que lo conocí porque allí cerca, a un lado de la carretera que venía de Envigado, otro pueblo, a mitad de camino entre los dos pueblos, en la finca Santa Anita de mis abuelos, a mano izquierda viniendo, transcurrió mi infancia. Claro que lo conocí. Estaba al final de esa carretera, en el fin del mundo. Más allá no había nada, ahí el mundo empezaba a bajar, a redondearse, a dar la vuelta. Y eso lo constaté la tarde que elevamos el globo más grande que hubieran visto los cielos de Antioquia, un rombo de ciento veinte pliegos inmenso, rojo, rojo, rojo para que resaltara sobre el cielo azul. El tamaño no me lo van a creer, ¡pero qué saben ustedes de globos! ¿Saben qué son? Son rombos o cruces o esferas hechos de papel de china deleznable, y por dentro llevan una candileja encendida que los llena de humo para que suban. El humo es como quien dice su alma, y la candileja el corazón. Cuando se llenan de humo y empiezan a jalar, los que los están elevando sueltan, soltamos, y el globo se va yendo, yendo al cielo con el corazón encendido, palpitando, como el Corazón de Jesús. ¿Saben quién es? Nosotros teníamos uno en la sala; en la sala de la casa de la calle del Perú de la ciudad de Medellín, capital de Antioquia; en la casa en donde yo nací, en la sala entronizado o sea (porque sé que no van a saber) bendecido un día por el cura. A él está consagrada Colombia, mi patria. Él es Jesús y se está señalando el pecho con el dedo, y en el pecho abierto el corazón sangrando: goticas de sangre rojo vivo, encendido, como la candileja del globo: es la sangre que derramará Colombia, ahora y siempre por los siglos de los siglos amén.

¿Pero qué les estaba diciendo del globo, de Sabaneta? Ah sí, que el globo subió y subió y empujado por el viento, dejando atrás y abajo los gallinazos se fue yendo hacia Sabaneta. Y nosotros que corremos al carro y ¡ran! que arrancamos, y nos vamos siguiéndolo por la carretera en el Hudson de mi abuelito. Ah no, no fue en el Hudson de mi abuelito, fue en la carcacha de mi papá. Ah sí, sí fue en el Hudson. Ya ni sé, hace tanto, ya no recuerdo... Recuerdo que íbamos de bache en bache ¡pum! ¡pum! ¡pum! por esa carreterita destartalada y el carro a toda desbarajustándose, como se nos desbarajustó después Colombia, o mejor dicho, como se «les» desbarajustó a ellos porque a mí no, yo aquí no estaba, yo volví después, años y años, décadas, vuelto un viejo, a morir. Cuando el globo llegó a Sabaneta dio la vuelta a la Tierra, por el otro lado, y desapareció. Quién sabe adónde habrá ido, a China o a Marte, y si se quemó: su papel sutil, deleznable se encendía fácil, con una chispa de la candileja bastaba, como bastó una chispa para que se nos incendiara después Colombia, se «les» incendiara, una chispa que ya nadie sabe de dónde saltó. ¿Pero por qué me preocupa a mí Colombia si ya no es mía, es ajena?

A mi regreso a Colombia volví a Sabaneta con Alexis, acompañándolo, en peregrinación. Alexis, ajá, así se llama. El nombre es bonito pero no se lo puse yo, se lo puso su mamá. Con eso de que les dio a los pobres por ponerles a los hijos nombres de ricos, extravagantes, extranjeros: Tayson Alexander, por ejemplo, o Fáber o Éder o Wílfer o Rommel o Yeison o qué sé yo. No sé de dónde los sacan o cómo los inventan. Es lo único que les pueden dar para arrancar en esta mísera vida a sus niños, un vano, necio nombre extranjero o inventado, ridículo, de relumbrón. Bueno, ridículos pensaba yo cuando los oí en un comienzo, ya no lo pienso así. Son los nombres de los sicarios manchados de sangre. Más rotundos que un tiro con su carga de odio.

Ustedes no necesitan, por supuesto, que les explique qué es un sicario. Mi abuelo sí, necesitaría, pero mi abuelo murió hace años y años. Se murió mi pobre abuelo sin conocer el tren elevado ni los sicarios, fumando cigarrillos Victoria que usted, apuesto, no ha oído siquiera mencionar. Los Victoria eran el basuco de los viejos, y el basuco es cocaína impura fumada, que hoy fuman los jóvenes para ver más torcida la torcida realidad, ¿o no? Corríjame si yerro. Abuelo, por si acaso me puedes oír del otro lado de la eternidad, te voy a decir qué es un sicario: un muchachito, a veces un niño, que mata por encargo. ¿Y los hombres? Los hombres por lo general no, aquí los sicarios son niños o muchachitos, de doce, quince, diecisiete años, como Alexis, mi amor: tenía los ojos verdes, hondos, puros, de un verde que valía por todos los de la sabana. Pero si Alexis tenía la pureza en los ojos tenía dañado el corazón. Y un día, cuando más lo quería, cuando menos lo esperaba, lo mataron, como a todos nos van a matar. Vamos para el mismo hueco de cenizas, en los mismos Campos de Paz.

La Virgen de Sabaneta hoy es María Auxiliadora, pero no lo era en mi niñez: era la Virgen del Carmen, y la parroquia la de Santa Ana. Hasta donde entiendo yo de estas cosas (que no es mucho), María Auxiliadora es propiedad de los salesianos, y la parroquia de Sabaneta es de curas laicos. ¿Cómo fue a dar María Auxiliadora allí? No sé. Cuando regresé a Colombia allí la encontré entronizada, presidiendo la iglesia desde al altar de la izquierda, haciendo milagros. Un tumulto llegaba los martes a Sabaneta de todos los barrios y rumbos de Medellín adonde la Virgen a rogar, a pedir, a pedir, a pedir que es lo que mejor saben hacer los pobres amén de parir hijos. Y entre esa romería tumultuosa los muchachos de la barriada, los sicarios. Ya para entonces Sabaneta había dejado de ser un pueblo y se había convertido en un barrio más de Medellín, la ciudad la había alcanzado, se la había tragado; y Colombia, entre tanto, se nos había ido de las manos. Éramos, y de lejos, el país más criminal de la Tierra, y Medellín la capital del odio. Pero estas cosas no se dicen, se saben. Con perdón.

Por Alexis volví pues a Sabaneta, acompañándolo, la mañana que siguió a la noche en que nos conocimos. Puesto que las peregrinaciones son los martes, nos tuvimos que conocer un lunes: en el apartamento de mi lejano amigo José Antonio Vásquez, sobreviviente de ese Medellín antediluviano que se llevó el ensanche, y cuyo nombre debería omitir aquí pero no lo omito por la elemental razón de que no se pueden contar historias sin nombres. ¿Y sin apellido? Sin apellido no te vayan a confundir con otro y por otras cuentas después te maten.

—Aquí te regalo esta belleza que ya lleva como diez muertos —me dijo José Antonio cuando me presentó a Alexis.

Alexis se rió y yo también y por supuesto no le creí, o mejor dicho sí. Después le dijo al muchacho:

—Vaya lleve a éste a conocer el cuarto de las mariposas.

«Éste» era yo, y «el cuarto de las mariposas» un cuartico al fondo del apartamento que si me permiten se lo describo de paso, de prisa, camino al cuarto, sin recargamientos balzacianos: recargado como Balzac nunca soñó, de muebles y relojes viejos; relojes, relojes y relojes viejos y requeteviejos, de muro, de mesa, por decenas, por gruesas, detenidos todos a distintas horas burlándose de la eternidad, negando el tiempo. Estaban en más desarmonía esos relojes que los habitantes de Medellín. ¿Por qué esa obsesión de mi amigo por los relojes? Vaya Dios a saber. La que sí le habían curado los años era la de los muchachos: pasaban por su apartamento y por su vida sin tocarlos. Perfección a la que aún no he llegado yo pero de la que ya estoy cerca: lo cerca que estoy de la muerte y sus gusanos. En fin, por ese apartamento de José Antonio, por entre sus relojes detenidos como fechas en las lápidas de los cementerios, pasaban infinidad de muchachos vivos. O sea, quiero decir, vivos hoy y mañana muertos que es la ley del mundo, pero asesinados: jóvenes asesinos asesinados, exentos de las ignominias de la vejez por escandaloso puñal o compasiva bala. ¿Qué iban a hacer allí? Por lo general nada: venían de aburrirse afuera a aburrirse adentro. En ese apartamento nunca se tomaba ni se fumaba: ni marihuana ni basuco ni nada de nada. Era un templo. Y ni eso, vaya: vaya a la Catedral o Basílica Metropolitana para que vea rufianes fumando marihuana en las bancas de atrás. Distinga bien el olor del humo, que no se le confunda con el incienso. Pero bueno, entre tanto reloj callado tronaba un televisor furibundo transmitiendo telenovelas, y entre telenovela y telenovela las alharacosas noticias: que hoy mataron a fulanito de tal y anoche a tantos y a tantos. Que a fulanito lo mataron dos sicarios. Y los sicarios del apartamento muy serios. ¡Vaya noticia! ¡Cómo andan de desactualizados los noticieros! Y es que una ley del mundo seguirá siendo: la muerte viaja siempre más rápido que la información.

¿Y qué se ganaba José Antonio con ese entrar y salir de muchachos, de criminales, por su casa? ¿Que le robaran? ¿Que lo mataran? ¿O es que acaso era su apartamento un burdel? Dios libre y guarde. José Antonio es el personaje más generoso que he conocido. Y digo personaje y no persona o ser humano porque eso es lo que es, un personaje, como sacado de una novela y no encontrado en la realidad, pues en efecto, ¿a quién sino a él le da por regalar muchachos que es lo más valioso?

—Los muchachos no son de nadie —dice él—, son de quien los necesita.

Eso, enunciado así, es comunismo; pero como él lo ponía en práctica era obra de misericordia, la decimoquinta que le faltó al catecismo, la más grande, la más noble, más que darle de beber al sediento o ayudarle a bien morir al moribundo.

—Vaya lleve a éste a conocer el cuarto de las mariposas —le dijo a Alexis, y Alexis me llevó riéndose.

El cuarto es un cuartico minúsculo con baño y una cama entre cuatro paredes que han visto quietas lo que no he visto yo andando por todo el mundo. Lo que sí no han visto esas cuatro paredes son las mariposas porque en el cuarto así llamado no las hay. Alexis empezó a desvestirme y yo a él; él con una espontaneidad candorosa, como si me conociera desde siempre, como si fuera mi ángel de la guarda. Les evito toda descripción pornográfica y sigamos. Sigamos hacia Sabaneta en el taxi en que íbamos, por la misma carreterita destartalada de hace cien años, de bache en bache: es que Colombia cambia pero sigue igual, son nuevas caras de un viejo desastre. ¿Es que estos cerdos del gobierno no son capaces de asfaltar una carretera tan esencial, que corta por en medio mi vida? ¡Gonorreas! (Gonorrea es el insulto máximo en las barriadas de las comunas, y comunas después explico qué son.)

Algo insólito noté en la carretera: que entre los nuevos barrios de casas uniformes seguían en pie, idénticas, algunas de las viejas casitas campesinas de mi infancia, y el sitio más mágico del Universo, la cantina Bombay, que tenía a un lado una bomba de gasolina o sea una gasolinera. La bomba ya no estaba, pero la cantina sí, con los mismos techos de vigas y las mismas paredes de tapias encaladas. Los muebles eran de ahora pero qué importa, su alma seguía encerrada allí y la comparé con mi recuerdo y era la misma, Bombay era la misma como yo siempre he sido yo: niño, joven, hombre, viejo, el mismo rencor cansado que olvida todos los agravios: por pereza de recordar.

No sé si entre aquellas casitas campesinas que quedaban estaba la del pesebre, o sea, quiero decir, la del pesebre más hermoso que hayan hecho los hombres desde que se estableció la costumbre de armar en diciembre nacimientos o belenes para conmemorar la llegada a esta mísera tierra a un establo, a una pesebrera, del Niño Dios. Todas las casitas campesinas de la carretera, desde que salíamos caminando de Santa Anita hacia Sabaneta tenían pesebre, y abrían las ventanas de los cuarticos que daban al corredor delantero para que lo viéramos. Pero ningún pesebre más hermoso que el de la casita que digo yo: ocupaba dos cuartos, el primero y el del fondo, llenos de maravillas: lagos con patos, rebaños, pastores, vaquitas, casitas, carreteritas, un tigre, y arriba de la montaña, en lo más alto, la pesebrera en la que el veinticuatro de diciembre iba a nacer el Niño Dios. Pero estábamos apenas a dieciséis, en que empezaba la novena y en que hacíamos los pesebres, y faltaban exactamente ocho días para el día, la noche, más feliz. Ocho días de una dicha interminable en espera. Mira Alexis, tú tienes una ventaja sobre mí y es que eres joven y yo ya me voy a morir, pero desgraciadamente para ti nunca vivirás la felicidad que yo he vivido. La felicidad no puede existir en este mundo tuyo de televisores y casetes y punkeros y rockeros y partidos de fútbol. Cuando la humanidad se sienta en sus culos ante un televisor a ver veintidós adultos infantiles dándole patadas a un balón no hay esperanzas. Dan grima, dan lástima, dan ganas de darle a la humanidad una patada en el culo y despeñarla por el rodadero de la eternidad, y que desocupen la Tierra y no vuelvan más.

Pero no me hagas caso que te estoy hablando de cosas bellas, de diciembre, de Santa Anita, de los pesebres, de Sabaneta. El pesebre de la casita que te digo era inmenso, la vista de uno se perdía entre sus mil detalles sin saber por dónde empezar, por dónde seguir, por dónde acabar. Las casitas a la orilla de la carretera en el pesebre eran como las casitas a la orilla de la carretera de Sabaneta, casitas campesinas con techitos de teja y corredor. O sea, era como si la realidad de adentro contuviera la realidad de afuera y no viceversa, que en la carretera a Sabaneta había una casita con un pesebre que tenía otra carretera a Sabaneta. Ir de una realidad a la otra era infinitamente más alucinante que cualquier sueño de basuco. El basuco entorpece el alma, no la abre a nada. El basuco empendeja.

Mira Alexis: yo tenía entonces ocho años y parado en el corredor de esa casita, ante la ventana de barrotes, viendo el pesebre, me vi de viejo y vi entera mi vida. Y fue tanto mi terror que sacudí la cabeza y me alejé. No pude soportar de golpe, de una, la caída en el abismo. Pero dejemos esto, sigamos por esa noche de caminata hacia Sabaneta. Íbamos todos, mis padres, mis tíos, mis primos, mis hermanos y la noche era tibia, y en la tibieza de la noche parpadeaban las estrellas incrédulas: no podían creer lo que veían, que aquí abajo, por una simple carretera, pudiera haber tanta felicidad.

El taxi pasó frente a Bombay, esquivó un bache, otro, otro, y llegó a Sabaneta. Un tropel entre un carrerío llenaba el pueblo. Era la peregrinación de los martes, devota, insulsa, mentirosa. Venían a pedir favores. ¿Por qué esta manía de pedir y pedir? Yo no soy de aquí. Me avergüenzo de esta raza limosnera. En el oleaje de la multitud, entre un chisporroteo de veladoras y rezos en susurros entramos al templo. El murmullo de las oraciones subía al cielo como un zumbar de colmena. La luz de afuera se filtraba por los vitrales para ofrecernos, en imágenes multicolores, el espectáculo perverso de la pasión: Cristo azotado, Cristo caído, Cristo crucificado. Entre la multitud anodina de viejos y viejas busqué a los muchachos, los sicarios, y en efecto, pululaban. Esta devoción repentina de la juventud me causaba asombro. Y yo pensando que la Iglesia andaba en más bancarrota que el comunismo... Qué va, está viva, respira. La humanidad necesita para vivir mitos y mentiras. Si uno ve la verdad escueta se pega un tiro. Por eso, Alexis, no te recojo el revólver que se te ha caído mientras te desvestías, al quitarte los pantalones. Si lo recojo me lo llevo al corazón y disparo. Y no voy a apagar la chispa de esperanza que me has encendido tú. Prendámosle esta veladora a la Virgen y oremos, roguemos que es a lo que vinimos:

—Virgencita niña, María Auxiliadora que te conozco desde mi infancia, desde el colegio de los salesianos donde estudié; que eres más mía que de esta multitud novelera, hazme un favor: que este niño que ves rezándote, ante ti, a mi lado, que sea mi último y definitivo amor; que no lo traicione, que no me traicione, amén.

¿Qué le pediría Alexis a la Virgen? Dicen los sociólogos que los sicarios le piden a María Auxiliadora que no les vaya a fallar, que les afine la puntería cuando disparen y que les salga bien el negocio. ¿Y cómo lo supieron? ¿Acaso son Dostoievski o Dios padre para meterse en la mente de otros? ¡No sabe uno lo que uno está pensando va a saber lo que piensan los demás! En la iglesita de Sabaneta hay a la entrada un Señor Caído; en el altar del centro está Santa Ana con

San Joaquín y la Virgen de niña; y en el de la derecha Nuestra Señora del Carmen, la antigua reina de la parroquia. Pero todas las flores, todos los rezos, todas las veladoras, todas las súplicas, todas las miradas, todos los corazones están puestos en el altar de la izquierda, el de María Auxiliadora, que la remplazó. Por obra y gracia suya esta iglesita de Sabaneta antaño apagada hoy está alegre y florecida de flores y milagros. María Auxiliadora, la virgen mía, de mi niñez, la que más quiero los está haciendo.

—Virgencita niña que me conoces desde hace tanto: que mi vida acabe como empezó, con la felicidad que no lo sabe.

Entre el susurro de las voces dispares mi alma se fue yendo hacia lo alto como un globo encendido, sin amarras, subiendo, subiendo hacia el infinito de Dios, lejos de esta mísera tierra.

Le quité la camisa, se quitó los zapatos, le quité los pantalones, se quitó las medias y la trusa y quedó desnudo con tres escapularios, que son los que llevan los sicarios: uno en el cuello, otro en el antebrazo, otro en el tobillo y son: para que les den el negocio, para que no les falle la puntería y para que les paguen. Eso según los sociólogos, que andan averiguando. Yo no pregunto. Sé lo que veo y olvido. Lo que sí no puedo olvidar son los ojos, el verde de sus ojos tras el cual trataba de adivinarle el alma.

—Toma —le dije cuando terminamos y le di un billete.

Lo recibió, se lo guardó y siguió vistiéndose. Salí del cuarto y lo dejé vistiéndose, y dejé también de paso mi billetera en mi saco y el saco en la cama para que se llevara lo que quisiera: «Todo lo mío es tuyo, corazón —pensé—. Hasta mis papeles de identidad». Después, más tarde, conté los billetes y estaban los que había dejado. Entonces entendí que Alexis no respondía a las leyes de este mundo; y yo que desde hacía tiempos no creía en Dios dejé de creer en la ley de la gravedad. Al día siguiente nos fuimos a Sabaneta y en adelante siguió conmigo hasta el final. Y al final dejó el horror de esta vida para entrar en el horror de la muerte. «A la final», como dicen en las comunas.

Hombre, fíjese usted, que me viniera a dar el destino acabando lo que me negó en la juventud, ¿no era un disparate? Alexis debió llegarme cuando yo tenía veinte años, no ahora: en mi ayer remoto. Pero estaba programado que nos encontráramos ahí, en ese apartamento, entre relojes quietos, esa noche, tantísimos años después. Después de lo debido, quiero decir. La trama de mi vida es la de un libro absurdo en el que lo que debería ir primero va luego. Es que este libro mío yo no lo escribí, ya estaba escrito: simplemente lo he ido cumpliendo página por página sin decidir. Sueño con escribir la última por lo menos, de un tiro, por mano propia, pero los sueños sueños son y a lo mejor ni eso.

Este apartamento mío está rodeado de terrazas y balcones. Terrazas y balcones por los cuatro costados pero adentro nada, salvo una cama, unas sillas y la mesa desde la que les escribo.

—¡Cómo! —dijo Alexis cuando lo vio—. ¿Aquí no hay música?

Le compré una casetera y él se compró unos casetes. Una hora de estrépito aguanté.

—¿Y tú llamas a esta mierda música?

Desconecté la casetera, la tomé, fui a un balcón y la tiré por el balcón: al pavimento fue a dar cinco pisos abajo a estrellarse, a callarse. A Alexis le pareció tan inmenso el crimen que se rió y dijo que yo estaba loco. Que no se podía vivir sin música, y yo que sí, y que además eso no era música. Para él era música «romántica», y yo pensé: a este paso, si eso es romántico, nos va a resultar romántico Schönberg.

—No es música ni es nada, niño. Aprende a ver la pared en blanco y a oír el silencio.

Pero él no podía vivir sin ruido, «música», ni yo sin él. Así que al día siguiente le compré otra casetera y aguanté otra hora el estrépito antes de explotar y de ir a desconectarle el monstruo para tirarlo por el balcón.

—¡No! —gritaba Alexis abriendo los brazos en cruz como Cristo tratando de detenerme.

—Niño, así no podemos vivir, yo no soporto esto. Prefiero incluso que fumes basuco, pero en silencio, callado.

Y él que no, que nunca había fumado basuco. Y yo:

—Yo prejuicios no tengo. Lo que pasa es que tengo los oídos rotos.

Entonces, extrañado por ese comportamiento irracional mío me preguntó si me gustaban las mujeres. Le contesté que sí y que no, que dependía.

—¿De qué?

—De sus hermanos.

Se rió y me pidió que hablara en serio. Le expliqué, en serio, que por cuanto a la fisiología se refería, las únicas dos con que me había acostado sí, sí me habían gustado, pero que ahí acababa la cosa pues más allá no había nada porque para mí las mujeres era como si no tuvieran alma. Un coco vacío. Y que por eso con ellas era imposible el amor.

—Es que yo estudié con los curitas salesianos del colegio de Sufragio. Con ellos aprendí que la relación carnal con las mujeres es el pecado de la bestialidad, que es cuando se cruza un miembro de una especie con otro de otra, como por ejemplo un burro con una vaca. ¿Ves?

Después, sabiendo que me iba a contestar que sí, por no dejar, le devolví la pregunta y le pregunté si a él le gustaban las mujeres.

—No —contestó, con un «no» tan rotundo, tan inesperado que me dejó perplejo.

Y era un «no» para siempre: para el presente, para el pasado, para el futuro y para toda la eternidad de Dios: ni se había acostado con ninguna ni se pensaba acostar. Alexis era imprevisible y me estaba resultando más extremoso que yo. Conque eso era pues lo que había detrás de esos ojos verdes, una pureza incontaminada de mujeres. Y la verdad más absoluta, sin atenuantes ni importarle un carajo lo que piense usted que es lo que sostengo yo. De eso era de lo que me había enamorado. De su verdad.

Tengo muy presentes los sucesos de mis primeros días con Alexis. La mañana, por ejemplo, en que salí dejándolo en el apartamento en su estrépito, a comprar en la farmacia de abajo unos tapones para los oídos. Cruzando la Avenida San Juan, de regreso, presencié un atraco: veo que en la fila de carros detenidos por el semáforo un hombre grasoso, un cerdo, está atracando con un revólver un jeep que maneja un muchacho: uno de esos muchachitos linditos, riquitos, hijos de papá que me fascinan (también). El muchacho sacó las llaves, saltó del jeep, echó a correr y de lejos le gritó al hombre:

—¡Te quedé conociendo, hijueputa!

El hombre, enfurecido, sin poderse llevar el jeep porque no tenía las llaves, con el atraco frustrado, burlado, hijueputiado, se dio a perseguir al muchacho disparándole. Uno de los tiros lo alcanzó. Cuando cayó el muchacho el hombre se le fue encima y lo remató a balazos. Por entre el carrerío detenido y el caos de bocinas y de gritos que siguió se perdió el asesino. El «presunto» asesino, como diría la prensa hablada y escrita, muy respetuosa ella de los derechos humanos. Con eso de que aquí, en este país de leyes y constituciones, democrático, no es culpable nadie hasta que no lo condenen, y no lo condenan si no lo juzgan, y no lo juzgan si no lo agarran, y si lo agarran lo sueltan... La ley de Colombia es la impunidad y nuestro primer delincuente impune es el presidente, que a estas horas debe de andar parrandiándose el país y el puesto. ¿En dónde? En Japón, en México... En México haciendo un cursillo.

Del presunto asesino no quedó sino el «presunto» flotando sutilmente en el aire de la Avenida San Juan, hasta que en el smog de los carros la presuntez se esfumó. O la presunción, si prefieren y les da por la corrección del idioma en este que fuera país de gramáticos, siglos ha. De los ladrones, amigo, es el reino de este mundo y más allá no hay otro. Siguen polvo y gusanos. Así que a robar, y mejor en el gobierno que es más seguro y el cielo es para los pendejos. Y mire, oiga, si lo está jodiendo mucho un vecino, sicarios aquí es lo que sobra. Y desempleo. Y acuérdese de que todo pasa, prescribe. Somos efímeros. Usted y yo, mi mamá, la suya. Todos prescribimos.

—El pelao debió de entregarle las llaves a la pinta esa —comentó Alexis, mi niño, cuando le conté el suceso.

O mejor dicho no comentó: diagnosticó, como un conocedor, al que hay que creerle. Y yo me quedé enredado en su frase soñando, divagando, pensando en don Rufino José Cuervo y lo mucho de agua que desde entonces había arrastrado el río. Con «el pelao» mi niño significaba el muchacho; con «la pinta esa» el atracador; y con «debió de» significaba «debió» a secas: tenía que entregarle las llaves. Más de cien años hace que mi viejo amigo don Rufino José Cuervo, el gramático, a quien frecuenté en mi juventud, hizo ver que una cosa es «debe» solo y otra «debe de». Lo uno es obligación, lo otro duda. Aquí les van un par de ejemplos: «Puesto que sus hermanos se enriquecen con contratos públicos y él lo permite, también el presidente debe de ser un ladrón». O sea, no afirmo que lo sea, aunque parece que lo creo. Y por parecer creer no hay difamación, ¿o sí, doctor? ¿Por tan poca cosa se puede uno ir a la cárcel cuando nos están matando a todos vivos? Y «debe» a secas significa que se tiene que, como cuando digo: «La ley debe castigar el delito». ¡Pero cuál ley, cuál delito! Delito el mío por haber nacido y no andar instalado en el gobierno robando en vez de hablando. El que no está en el gobierno no existe y el que no existe no habla. ¡A callar!

Los tapones de algodón no sirven definitivamente para los oídos. Dejan pasar la música disco o «heavy metal». O no es que la dejen pasar, es que vibra el hueso, el temporal, y la vibración taladra el cerebro. Así que el problema de la casetera de Alexis y mi amor por él no tiene solución. Sin solución me voy solo a la calle. Solo como nací, a jugarme la vida y a visitar iglesias.

Señor Procurador: yo soy la memoria de Colombia y su conciencia y después de mí no sigue nada. Cuando me muera aquí sí que va a ser el acabose, el descontrol. Señor Fiscal General o Procurador o como se llame, mire que ando en riesgo de muerte por la calle: con las atribuciones que le dio la nueva Constitución protéjame.

¡Qué iglesia iba a haber abierta ni qué demonios! Las mantienen cerradas para que no las atraquen. Ya no nos queda en Medellín ni un solo oasis de paz. Dicen que atracan los bautizos, las bodas, los velorios, los entierros. Que matan en plena misa o llegando al cementerio a los que van vivos acompañando al muerto. Que si se cae un avión saquean los cadáveres. Que si te atropella un carro, manos caritativas te sacan la billetera mientras te hacen el favor de subirte a un taxi que te lleve al hospital. Que hay treinta y cinco mil taxis en Medellín desocupados atracando. Uno por cada carro particular. Que lo mejor es viajar en bus, aunque también tampoco: tampoco conviene, también los atracan. Que en el hospital a uno que tirotearon no sé dónde lo remataron. Que lo único seguro aquí es la muerte.

Los treinta y cinco mil taxis señalados (comprados con dólares del narcotráfico porque de dónde va a sacar dólares Colombia si nada exporta porque nada produce como no sea asesinos que nadie compra) llevan indefectiblemente los radios prendidos transmitiendo: partidos de fútbol, vallenatos, o noticias optimistas sobre los treinta y cinco que mataron ayer, quince por debajo del record, aunque un soldado al que le pasó por el cuello un tiro libre (o sea que salió) me asegura que día hubo en Medellín en que mataron ciento setenta y tantos, y trescientos ese fin de semana. Sabrá Dios, que es el que ve desde arriba. Nosotros aquí abajo lo único que hacemos es recoger cadáveres. Si uno le dice al taxista: «Por favor, señor, bájele un poco a ese radio que está muy fuerte», el hideputa (como dice Cervantes) lo que hace es que le sube. Y si uno abre la boca para protestar, ¡adiós problemas de esta vida! Mañana te estarán comiendo esa lengua suelta los gusanos. Bueno, objetará usted, si los taxistas andan desocupados, ¿por qué tratan tan mal a los clientes? Por eso, porque les da uno trabajo, y «El trabajo degrada al hombre» dijo un sabio. ¿Y en los buses? ¿Se puede viajar en bus sin música? Tanto como se puede respirar sin oxígeno.

El vacío de la vida de Alexis, más incolmable que el mío, no lo llena un recolector de basura. Por no dejar y hacer algo, tras la casetera le compré un televisor con antena parabólica que agarra todas las estaciones de esta Tierra y las galaxias. Se pasa ahora el día entero mi muchachito ante el televisor cambiando de canal cada minuto. Y girando, girando la antena parabólica al son de su capricho y de la rosa de los vientos a ver qué agarra para dejarlo ir. Sólo se detiene en los dibujos animados. ¡Plas! Caía un gato malo sobre el otro y lo aplastaba: lo dejaba como una hojita finita de papel que entra suave por el rodillo de esta máquina. Sin saber ni inglés ni francés ni japonés ni nada sólo comprende el lenguaje universal del golpe. Eso hace parte de su pureza intocada. Lo demás es palabrería hueca zumbando en la cabeza. No habla español, habla en argot o jerga. En la jerga de las comunas o argot comunero que está formado en esencia de un viejo fondo de idioma local de Antioquia, que fue el que hablé yo cuando vivo (Cristo el arameo), más una que otra supervivencia del malevo antiguo del barrio de Guayaquil, ya demolido, que hablaron sus cuchilleros, ya muertos; y en fin, de una serie de vocablos y giros nuevos, feos, para designar ciertos conceptos viejos: matar, morir, el muerto, el revólver, la policía... Un ejemplo: «¿Entonces qué, parce, vientos o maletas?». ¿Qué dijo? Dijo: «Hola hijo de puta». Es un saludo de rufianes.

El televisor de Alexis me acabó de echar a la calle. Alexis, por lo visto, no requería de mi presencia. Yo sí de la de él, en ausencia de Dios. Vagando por Medellín, por sus calles, en el limbo de mi vacío por este infierno, buscando entre almas en pena iglesias abiertas, me metí en un tiroteo. Iba por la estrecha calle de Junín rumbo a la catedral, llegando al parque, viendo, sin querer, entre la multitud ofuscada una señora de culo plano que iba adelante, cuando ¡pum!, que se enciende la balacera: dos bandas se agarraron a bala. Balas iban y venían, parabrisas explotaban y caían transeúntes como bolos en la barahúnda endemoniada.

—¡Al suelo! ¡Al suelo! —gritaban.

¿Al suelo quién? ¿Yo? ¡Jamás! Mi dignidad me lo impide. Y seguí por entre las balas que me zumbaban en los oídos como cuchillas de afeitar. Y yo pensando en el viejo verso ¿de quién? «Oh muerte ven callada en la saeta». Pasé ileso, sano y salvo, y seguí sin mirar atrás porque la curiosidad es vicio de granujas.

—Hoy en el centro —le conté a Alexis luego hablando en jerga con mi manía políglota— dos bandas se estaban dando chumbimba. De lo que te perdiste por andar viendo televisión.

Se mostró interesado, y le conté hasta lo que no vi, con mil detalles. Le desplegué por todo Junín un tendal de muertos. Me sentía como don Juan presumiéndole a don Luis de las mujeres que se había echado. Luego procedí a contarle mi retirada, cómo pasé incólume por entre el plomero, sin agacharme, sin inmutarme, sin ni siquiera apurar.

—¿Tú qué habrías hecho? —le pregunté.

—Tocaba abrirse —contestó.

¿Huir yo? ¿Abrirme? Jamás de los jamases. Jamás. A mí la muerte me hace los mandados, niño.

¿Tenía una compensación ese tormento a que me sometía Alexis, mi éxodo diurno por las calles huyendo del ruido y metido en él? Sí, nuestro amor nocturno. Nuestras noches encendidas de pasión, yo abrazado a mi ángel de la guarda y él a mí con el amor que me tuvo, porque debo consignar aquí, sin jactancias ni presunción, lo mucho que me quería. Es de poca caridad, ya sé, exhibir la dicha propia ante la desgracia ajena, contarle historias de amor libre a quien vive prisionero, encerrado, casado, con mujer gorda y propia y cinco hijos comiendo, jodiendo y viendo televisión. Mas dejemos el aparato y sigamos, exhibiendo plata ante el mendigo. ¡Y qué! ¡Los pobres pobres son y por la verdad murió Cristo! Henos pues en la cálida noche silenciosa, ardiendo la chimenea de nuestro amor en el calor del verano.

—Abre las ventanas niño —le pedía— para que entre la brisa.

Y mi niño se levantaba desnudo como un espejismo de *Las mil y una noches* y su imaginación desaforada, con sus tres escapularios, y abría el balcón. Brisa no entraba porque brisa no había, pero sí la música, el estrépito, del hippie de al lado y sus compinches, los mamarrachos.

—Ese metalero condenado ya nos dañó la noche —me quejaba.

—No es metalero —me explicó Alexis cuando se lo señalé en la calle al otro día—. Es un punkero.

—Lo que sea. Yo a este mamarracho lo quisiera matar.

—Yo te lo mato —me dijo Alexis con esa complacencia suya atenta siempre a mis más mínimos caprichos—. Dejame que la próxima vez saco el fierro.

El fierro es el revólver. Yo al principio creía que era un cuchillo pero no, es un revólver. Ah, y transcribí mal las amadas palabras de mi niño. No dijo «Yo te lo mato», dijo «Yo te lo quiebro». Ellos no conjugan el verbo matar: practican sus sinónimos. La infinidad de sinónimos que tienen para decirlo: más que los árabes para el camello. Pero antes de seguir con lo anunciado y de que mi niño saque el fierro, oigan lo que él me contó y que les quiero contar: que le habían dado un día «una mano de changón» en su barrio. Qué es un changón preguntarán los que no saben como pregunté yo que no sabía. Era una escopeta a la que le recortaban el tubo, me explicó mi niño.

—¿Y para qué se lo cortan?

Que para que la lluvia de balines saliera más abierta y le diera al que estuviera cerca. ¿Y los balines qué? ¿Eran como municiones? Sí, sí eran. Pues tres de esos balines le metieron en el cuerpo a mi niño y ahí quedaron, sin salir: uno en el cuello, otro en el antebrazo y otro en el pie.

—¿Justo donde llevas los escapularios?

—Ajá.

—¿Y cuando te dispararon ya los llevabas?
—Ajá.
—Si ya los llevabas entonces los escapularios no sirven.

Que sí, que sí servían. Si no los hubiera llevado le habrían dado un plomazo en el corazón o en el cerebro.

—Ah...

Contra esa lógica divina ya sí no se podía razonar. Lo que fuera. Ver a mi niño desnudo con sus tres escapularios me ponía en delirium tremens. Ese angelito tenía la propiedad de desencadenarme todos mis demonios interiores, que son como mis personalidades: más de mil.

Bajé en el acto la escalera, salí a la calle, compré una pesa o balanza, y volví a subir y lo pesé desnudo para descontarle, digamos, unos doscientos gramos de los balines.

—Yo no sé si vas a crecer más o no niño, pero así como estás eres la maravilla. Mayor perfección ni soñarla.

La pelusita del cuerpo a la luz del sol daba visos dorados. ¡Cómo no le tomé una foto! Si una imagen vale más que mil palabras, ¡qué no valdría mi niño vivo!

—Vístete mi amor no te vayas a resfriar y vámonos a la Avenida Jardín a comernos una pizza.

Fuimos y volvimos vivos, sin novedad. La ciudad se estaba como desinflando, perdiendo empuje. ¡Qué va! Amaneció a la entrada del edificio un mendigo acuchillado: les están sacando los ojos para una universidad...

Fue la tarde de un martes (pues en la mañana habíamos vuelto en peregrinación a Sabaneta) cuando el punkero «marcó cruces».

—¡Ahí va! ¡Ahí va! —exclamó Alexis cuando lo vio en la calle.

Ni tiempo tuve de detenerlo. Corrió hacia el hippie, se le adelantó, dio media vuelta, sacó el revólver y a pocos palmos le chantó un tiro en la frente, en el puro centro, donde el miércoles de ceniza te ponen la santa cruz. ¡Tas! Un solo tiro, seco, ineluctable, rotundo, que mandó a la gonorrea esa con su ruido a la profundidad de los infiernos. ¡Cuántas veces no he pasado la escena por mi cabeza en ralenti! Veo sus ojos verdes viéndolo. Verdes turbios. Embriagados en lo irrepetible del instante. ¡Tas! Un solo tiro, sin comentarios. Alexis guardó el revólver, dio media vuelta y siguió caminando como si nada. ¿Por qué no le disparó por detrás? ¿Por no matar a traición? No hombre, por matar viendo los ojos.

Cuando el hippie se desplomó pasaba en ese instante una moto.

—¡Ahí van! —le señalé a una señora, el único transeúnte que pudo haber sido testigo del suceso.

—¡Lo mataron! —exclamó la vieja.

—Ajá —contesté.

Era una constatación evidente. Torpezas tales sólo se oyen en el cine mexicano, que suele poner en boca de los personajes obviedades, simplezas. Era evidente que estaba muerto: muerto está el que no resuella. ¿Pero quién lo mató?

—¡Cómo que quién, señora! ¡Pues los de la moto! ¿No los vio?

Claro que los había visto, y que siguieron hacia la plaza de la América. Unos niños entre tanto se apuraban unos a otros:

—¡Corran! ¡Corran! ¡Vengan a ver el muñeco!

El «muñeco» por si usted no lo sabe, por si no los conoce, es el muerto. El vivo de hace un instante pero que ya no. Todo lo alcanzó a ver la señora, y así se lo contaba al corrillo que se formó en torno al muerto y su protagonismo callado, una empalizada humana de curiosidad gozosa. Alcanzó a ver incluso ella que uno de los de la moto llevaba una camiseta estampada con calaveras y cruces. Fíjense nomás…

Antes de alejarme le eché una fugaz mirada al corrillo. Desde el fondo de sus almas viles se les rebosaba el íntimo gozo. Estaban ellos incluso más contentos que yo, ellos a quienes no les iba nada en el muerto. Aunque no tuvieran qué comer hoy sí tenían qué contar. Hoy por lo menos tenían la vida llena.

Mis conciudadanos padecen de una vileza congénita, crónica. Ésta es una raza ventajosa, envidiosa, rencorosa, embustera, traicionera, ladrona: la peste humana en su más extrema ruindad. ¿La solución para acabar con la juventud delincuente? Exterminen la niñez.

Y que no me vengan los alcahuetas que nunca faltan con que mataron al inocente por poner música fuerte. Aquí nadie es inocente, cerdos. Lo matamos por chichipato, por bazofia, por basura, por existir. Porque contaminaba el aire y el agua del río. Ah, «chichipato» quiere decir en las comunas delincuente de poca monta, raticas, eso.

Volví al apartamento y al rato llegó Alexis, con un garrafón de aguardiente: dos botellas y media pues.

—Hubieras comprado también unas copitas —le hice ver—. Ya ves que aquí no hay ni en qué tomar.

—De la botella.

Abrió la botella, se tomó un trago y me lo dio en la boca. Así, tomando yo en su boca, él en la mía, en el delirio de una vida idiota, de un amor imposible, de un odio ajeno nos empacamos el garrafón. Amanecimos en un charco de vómito: eran los demonios de Medellín, la ciudad maldita, que habíamos agarrado al andar por sus calles y se nos habían adentrado por los ojos, por los oídos, por la nariz, por la boca.

Las comunas cuando yo nací ni existían. Ni siquiera en mi juventud, cuando me fui. Las encontré a mi regreso en plena matazón, florecidas, pesando sobre la ciudad como su desgracia. Barrios y barrios de casuchas amontonadas unas sobre otras en las laderas de las montañas, atronándose con su música, envenenándose de amor al prójimo, compitiendo las ansias de matar con la furia reproductora. Ganas con ganas a ver cuál puede más. En el momento en que escribo el conflicto aún no se resuelve: siguen matando y naciendo. A los doce años un niño de las comunas es como quien dice un viejo: le queda tan poquito de vida... Ya habrá matado a alguno y lo van a matar. Dentro de un tiempito, al paso a que van las cosas, el niño de doce que digo reemplácenlo por uno de diez. Ésa es la gran esperanza de Colombia. Como no sé qué sabe usted al respecto, mis disculpas por lo sabido y repetido y sigamos subiendo: mientras más arriba en la montaña mejor, más miseria. Uno en las comunas sube hacia el cielo pero bajando hacia los infiernos. ¿Por qué llamaron al conjunto de los barrios de una montaña comunas? Tal vez porque alguna calle o alcantarilla hicieron los fundadores por acción comunal. Sacando fuerzas de pereza.

 Los fundadores, ya se sabe, eran campesinos: gentecita humilde que traía del campo sus costumbres, como rezar el rosario, beber aguardiente, robarle al vecino y matarse por chichiguas con el prójimo en peleas a machete. ¿Qué podía nacer de semejante esplendor humano? Más. Y más y más y más. Y matándose por chichiguas siguieron: después del machete a cuchillo y después del cuchillo a bala, y en bala están hoy cuando escribo. Las armas de fuego han proliferado y yo digo que eso es progreso, porque es mejor morir de un tiro en el corazón que de un machetazo en la cabeza. ¿Tiene este problemita solución? Mi respuesta es un sí rotundo como una bala: el paredón. Otra cosa sería buscarle la cuadratura al círculo. Una venganza trae otra y una muerte otra muerte, y tras la muerte vienen los inspectores de policía oficiando el levantamiento de los cadáveres. Pero digo mal, los inspectores no: la nueva Constitución dispone que lo realicen en adelante los agentes de la Fiscalía. Y éstos, sin la experiencia secular de aquéllos, copados por la avalancha de cadáveres, sin darse abasto, han eliminado el expedienteo y la ceremonia misma y se la han dejado a los gallinazos. ¿Cómo llenar, en efecto, veinte pliegos de papel sellado consignando la forma en que cayó el muñeco, si nadie vio aunque todos vieran? Para eso se necesita imaginación y los funcionarios de hoy en día no la tienen, como no sea para robar y depositar en Suiza. Acto jurídico trascendental, oficio de difuntos, ceremonia de tinieblas, el levantamiento del cadáver, ay, no se realizará más. Una institución tan entrañable, tan colombiana, tan nuestra… Nunca más. El tiempo barre con todo y las costumbres. Así, de cambio en cambio, paso a paso, van perdiendo las sociedades la cohesión, la identidad, y quedan hechas unas colchas deshilachadas de retazos.

Yo hablo de las comunas con la propiedad del que las conoce, pero no, sólo las he visto de lejos, palpitando sus lucecitas en la montaña y en la trémula noche. Las he visto, soñado, meditado desde las terrazas de mi apartamento, dejando que su alma asesina y lujuriosa se apodere de mí. Millares de foquitos encendidos, que son casas, que son almas, y yo el eco, el eco entre las sombras. Las comunas a distancia me encienden el corazón como a una choza la chispa de un rayo. Sólo una vez subí, y bajé, y nada vi porque me lo impidió tremendo aguacero. Uno de esos aguaceros de Antioquia en que el cielo cargado de rabia se desfonda.

Pero estoy anticipando, rompiendo el orden cronológico e introduciendo el desorden. ¡Cuánta agua de alcantarilla no arrastró el río antes de mi subida a las comunas! En tanto, por lo pronto, suelo divisarlas desde mis terrazas con

Alexis a mi lado. Mi corazón a mi lado. Esas de allá, niño, rumbo al mar, hacia el norte, son la nororiental y la noroccidental, las más violentas, las más famosas: enfrentadas en opuestas montañas viéndose, calculándose, rebotándose sus odios. Corrígeme si me equivoco. Pero si Alexis no conoce el mar para qué lo menciono. No conoce ni siquiera el Cauca que está aquí abajo, el río de mi niñez que tiene una «u» en medio. Ese río es como yo: siempre el mismo en su permanencia yéndose. Alexis sólo conoce arroyos turbios, desaguaderos.

—Señálame, niño, tu barrio, ¿cuál es?

¿Es acaso Santo Domingo Savio? ¿O El Popular, o La Salle, o Villa del Socorro, o La Francia? Cualquiera, inalcanzable, entre esas luces allá a lo lejos… Ha de saber usted y si no lo sabe vaya tomando nota, que cristiano común y corriente como usted o yo no puede subir a esos barrios sin la escolta de un batallón: lo «bajan». ¿Y si lleva un arma? Se la «bajan». Y bajado el fierro le bajan los pantalones, el reloj, los tenis, la billetera y los calzoncillos si tiene o trusa. Y si opone resistencia porque éste es un país libre y democrático y aquí lo primero es el respeto a los derechos humanos, con su mismo fierro lo mandan a la otra ribera: a cruzar en pelota la laguna en la barca de Caronte. Usted verá si sube.

En lo alto de mi edificio, en las noches, mi apartamento es una isla oscura en un mar de luces. Lucecitas por doquiera en torno, en las montañas, palpitando en la nitidez del cielo porque aquí no hay smog: lo tumba la lluvia. Al atardecer nuestras montañas son tan nítidas, tan resaltadas, que haga de cuenta usted que las recortó un niño con tijeras de una foto de *El Colombiano*. (*El Colombiano* es el periódico de Medellín, el que da los muertos: tantos hoy, ¿mañana cuántos?) Sí señor, Medellín en la noche es bello. ¿O bella? Ya ni sé, nunca he sabido si es hombre o mujer. Lo que sea.

Como esas lucecitas ya dije que eran almas, viene a tener más almas que yo: tres millones y medio. Y yo una sola pero en pedazos.

—Virgencita niña de Sabaneta, que vuelva a ser el que fui de niño, uno solo. Ayúdame a juntar las tablas del naufragio.

Las veladoras de María Auxiliadora palpitaban al unísono como las lucecitas de Medellín en la unánime noche, rogándole al cielo que nos hiciera el milagro de volver a ser. A ser los que fuimos.

—Yo ya no soy yo, Virgencita niña, tengo el alma partida.

¿Cuántos muertos lleva este niño mío, mi portentosa máquina de matar? Uno hasta donde sé y ahora. De los de más atrás no respondo. Yo no suelo preguntar como los curas que quieren saberlo todo para ellos solos, sin compartir, en secreto tumbal de confesión. Que cómo, que cuándo, que con quién, que por dónde. ¡Por donde sea! ¡Absuelvan en bloque carajo y desensotanen esa curiosidad rabiosa! Un padrecito ingenuo de la Facultad de Teología de cierta católica universidad me contó una confesión diciendo el milagro pero callando el santo. O sea, revelando el secreto pero sin violarlo. Hela aquí: que un muchacho sin rostro se fue a confesar con él y le dijo:

—Acúsome padrecito de que me acosté con la novia.

Y preguntando, preguntando que es como se llega a Roma que es adonde ellos quieren ir, el padre vino a saber que el muchacho era de profesión sicario y que había matado a trece, pero que de ésos no se venía a confesar porque ¿por qué? Que se confesara de ellos el que los mandó matar. De ése era el pecado, no de él que simplemente estaba haciendo un trabajo, un «camello». Ni siquiera les vio los ojos…

—¿Y qué hizo usted padre con el presunto sicario, lo absolvió?

Sí, el presunto padre lo absolvió. De penitencia le puso trece misas, una por cada muerto, y por eso andan tan llenas de muchachos las iglesias.

Y aprovechando a este padrecito que están tan escasos desde que volvieron Centro Comercial al seminario yo le pregunto una cosa: ¿De quién es el pecado de la muerte del hippie? ¿De Alexis? ¿Mío? De Alexis no porque no lo odiaba así le hubiera visto los ojos. ¿Mío entonces? Tampoco. Que no lo quería, confieso. ¿Pero que lo mandé matar? ¡Nunca! Jamás de los jamases. Jamás le dije a Alexis: «Quebrame a éste». Lo que yo dije y ustedes son testigos fue: «Lo quisiera matar» y se lo dije al viento; mi pecado, si alguno, se quedó en el que quisiera. Y por un quisiera, en esta matazón, ¿se va a ir uno a los infiernos? Si sí yo me arrepiento y no vuelvo a querer más.

He ido a esa católica universidad huyendo de la música de Alexis. No se extrañe pues usted de encontrarme en los sitios más impensados. Aquí y allá y en el más allá. Huyendo de ese ruido infernal me estoy volviendo más ubicuo que Dios en su reino. Y así voy por estas calles de Medellín alias Medallo viendo y oyendo cosas. Desquitándole a la muerte, cruzando rápido antes de que me atropelle un presunto carro. Con eso de que les dio por tirarle el carro a uno tratando presuntamente de agarrarlo como si fuera uno cualquier presunto conejo siendo uno y ellos todos presuntos cristianos...

Impulsado por su vacío esencial Alexis agarra en el televisor cualquier cosa: telenovelas, partidos de fútbol, conjuntos de rock, una puta declarando, el presidente. El otro día se estaba rasgando este maldito las vestiduras porque dizque unos sicarios habían matado a un senador de la

República. ¡Ay, de la República! Como si aquí hubiera senadores de los departamentos, tonta. Esto no es los Estados Unidos. Además los senadores en Colombia tampoco son unas peritas en dulce. Que les va a cargar a los que lo mataron «todo el peso de la ley», dice la original. Como si supiera quién. ¿Y hoy qué? Hoy dando parte a la nación porque veinticinco mil soldados habían dado de baja al presunto capojefe del narcotráfico, contratador de sicarios. Que no prevalecería el delito, como si el delito con sus hermanos contratos no le pisara la cola. Y que vamos en la dirección correcta: «in the right direction», como oyó decir en inglés. Y yo sólo pregunto una cosa: ¿la ley en Colombia matando presuntos? Ah, y que les va a dar el parte de la victoria a los gringos en su lengua, porque también él es políglota. Y lo creo muy capaz: les lee el discurso que le escribieron en inglés con esa vocecita chillona, montañera, maricona, suya, y con el candor y acento de un niño de escuela que está aprendiendo: «This is my nose. That is your pipi».

—¡Apaga a ese bobo marica —le dije a Alexis—, que pa maricas los de aquí adentro!

Se rió de verme tan desquiciado, tan enojado, y oh milagro, lo apagó. Y añadió:

—Si querés te quiebro a esa gonorrea —con esos calificativos suyos que adoro.

—¿Y cuándo vas a quebrar la casetera? —pregunté.
—Ya.

Y la tomó, corrió al balcón y la tiró por el balcón. Le hice ver lo irresponsable de esos arrebatos incontrolados suyos que podían matar, con un poquito de suerte, a algún presunto transeúnte que pasara.

Con la muerte del presunto narcotraficante que dijo arriba nuestro primer mandatario, aquí prácticamente la profesión de sicario se acabó. Muerto el santo se acabó el milagro. Sin trabajo fijo, se dispersaron por la ciudad y se pusieron a secuestrar, a atracar, a robar. Y sicario que trabaja solo por su cuenta y riesgo ya no es sicario: es libre empresa, la iniciativa privada. Otra institución pues nuestra que se nos va. En el naufragio de Colombia, en esta pérdida de nuestra identidad ya no nos va quedando nada.

Pero concentrémonos en Alexis que es la razón de esta historia. ¿Cuándo pensaba quebrar el televisor? Mi mente acariciaba la idea como a un gatico de raso. ¿Qué lo va a inducir? ¿Lo puedo inducir yo con mi mente poderosa? Mucho lo dudo porque yo me he concentrado días y días en que se muera Castro y sigue ahí, entronizado. (Castro es Fidel y Fidel es Cuba y Cuba el universo mundo y su revolución socialista.)

De los muertos de Alexis, cinco fueron gratis, por culebras propias; y cinco pagados, por culebras ajenas. ¿Qué son «culebras»? Son cuentas pendientes. Como usted comprenderá, en ausencia de la ley que se pasa todo el tiempo renovándose, Colombia es un serpentario. Aquí se arrastran venganzas casadas desde generaciones: pasan de padres a hijos, de hijos a nietos: van cayendo los hermanos. Bueno, ¿que cómo supe lo de Alexis si yo no pregunto? Sin preguntar, me lo contó La Plaga. Él es un niño divino, maldadoso, malo, que se quedó también sin trabajo. Tiene quince añitos con pelusita que te desarman el corazón. Creo que se llama Héider Antonio, un nombre bello. Y cuando no está matando está jugando billar: en el Salón de Billares X... (No digo el nombre porque de pronto le da al dueño por iniciarme una «acción de tutela» como marca la nueva Constitución, y después me cargan todo el peso de la ley.)

A La Plaga lo conocí también en el cuarto de las mariposas, pero nuestro amor no prosperó: me dijo que tenía novia y que la pensaba preñar pa tener un hijo que lo vengara.

—¿Y de qué, Plaguita?

No, de nada, de lo que fuera. De lo que no alcanzara él. Este sentido previsor de nuestra juventud me renueva las esperanzas. Mientras haya futuro por delante fluye muy bien el presente. En cuanto al pasado… Pasado es el que yo tengo y el que me mantiene así.

A todo se le llega en este mundo su día: pasa el alcalde, pasa el ministro, pasa el presidente y el Cauca sigue fluyendo, fluyendo, fluyendo hacia el ancho mar que es el gran vertedero de desagües. ¿Que por qué lo digo? Hombre, mire, vea, fíjese, porque se le llegó también su día al televisor. La muerte de este maldito es digna de un poema. Lo estoy pensando en versos de arte mayor, en alejandrinos de catorce sílabas que me salen tan bien. Yo soy de respiración pausada y de tiro largo.

Los hechos ocurrieron así: llegué una tarde cansado, derrumbado, derrotado, sin un carajo de ganas de vivir. Yo no resisto una ciudad con treinta y cinco mil taxis con el radio prendido. Aunque vaya a pie y no los tome, sé que ahí van con su carraca, pasando noticias de muertos que no son míos, de partidos de fútbol en los que nada me va, y declaraciones de funcionarios mamones de la teta pública que están saqueándome a mí, Colombia, el país eterno.

—Yo te los quiebro —me repite Alexis—, decime cuál.

Nunca digo. ¡Para qué! Eso es tirarle a langostas con escopeta.

—Niño —le dije a Alexis—, préstame tu revólver que ya no aguanto. Me voy a matar.

Alexis sabe que no bromeo, su perspicacia lo siente. Corrió al revólver y para que no me quedara una sola bala se las vació al televisor, lo único que encontró: estaba hablando el presidente, para variar. Que no sé qué, que el peso de la ley. Fue lo último que dijo esta cotorra mojada, y nunca más volvió a abrir su puerco pico en mi casa. Después silencio, silencio en mis noches calladas que están cantando las cigarras, arrullándome el oído con su eterna canción, que oyó Homero.

Mayor error no pude cometer con la quiebra de ese televisor. Sin televisor Alexis se quedó más vacío que balón de fútbol sin patas que le den, lleno de aire. Y se dedicó a lo que le dictaba su instinto: a ver los últimos ojos, la última mirada del que ya nunca más.

Las balas para recargar el revólver se las compró este su servidor, que por él vive. Fui directamente a la policía y les dije:

—Véndanmelas a mí, que soy decente. Aparte de unos cuantos libros que he escrito no tengo prontuario.

—¿Libros de qué?

—De gramática, mi cabo.

¡Era un sargento! Este desconocimiento mío de las charreteras era vívida prueba de mi verdad, de mi inocencia, y me las vendió: un paquetote pesado.

—¡Uy, vos sí sos un verraco! —me dijo Alexis—. Consigámonos una subametralladora.

—Niño, «consigámonos» somos muchos. A mí no me incluyas.

¡Pero cómo no incluir en el amor!

Los próximos muertos de Alexis fueron tres soldados. Íbamos por el parque de Bolívar, el principal, cuando los vimos de lejos en una requisa. Si Alexis traía el fierro, lo mejor era desviarnos.

—¿Y por qué?

—Hombre, niño, porque nos van a requisar y te lo van a quitar. ¿No ves que somos sospechosos?

Me incluí en el «somos» por delicadeza; aquí nadie sospecha de los viejos, que ya están probados: atracadores viejos no los hay, unos con otros hace mucho que se mataron, pues si bien es cierto que perro no come perro, atracador sí atraca a atracador.

—Desviémonos.

Que no, y seguimos. Y claro, nos detuvieron. Más les valía no haber nacido. ¡Tas! ¡Tas! ¡Tas! Tres tiros en las puras frentes y tres soldados caídos, tiesos. ¿Cuándo sacó Alexis el revólver? Ni alcancé a ver. Los soldados me iban a requisar a mí ya que me metí en el charco a alborotar los tiburones, para seguir con mi niño. Ya no siguieron. Aunque en su ultimísimo instante en vida querían, ya no pudieron. Los muertos no requisan. De un tiro en la frente a cualquiera le borran la computadora.

Era tan asombroso el suceso, tan imprevisto el suceso que no sabía qué hacer. Alexis tampoco. Se quedó viendo los cadáveres como hipnotizado, mirándoles los ojos.

—Se me hace que lo mejor es que nos vamos yendo, niño, a almorzar.

Aquí el almuerzo era a las doce, pero con este cambio de las costumbres se ha ido pasando para la una y media. Alexis se guardó el revólver y seguimos caminando como si nada. Es lo mejor en estos casos: como si nada. Correr es malo. El que corre pierde la dignidad y se cae y lo agarran. Además, aquí desde hace mucho, pero mucho es mucho, ya nadie persigue ladrones. En mi niñez, recuerdo, los transeúntes viles, amparados por la dizque ley, solían correr tras el ladrón. Hoy nadie. El que lo alcance se muere, y el alma colectiva, gregaria, ruin, la jauría cobarde y maricona ya lo sabe. ¿Muchas ganas de perseguir? Se queda quietecito y nada vio, si quiere seguir viendo. Policías en torno no había y mejor para ellos: tres tiros le quedaban a mi niño en el fierro para ponerles a otros tantos en la frente su cruz de ceniza. Para morir nacimos.

Almorzamos sancocho, que es lo que se come aquí. Y para abrir más el apetito, cada quien una Pilsen, y no es propaganda porque son muy malas, es la pura verdad. Una cerveza Pilsen nos tomamos y yo pedí para el sancocho un limón. A todo le pongo.

—Y nos trae, señorita, unas servilletas, caramba, ¿o con qué cree que nos vamos a limpiar?

Esta raza es tan mezquina, tan mala, que aquí las servilletas de papel las cortan en ocho para economizar: ponen a los empleados cuando no hay clientes a cortarlas: pa que trabajen, los hijueputas. Así es aquí.

Me limpié con el papelito la boca y se me embarraron los dedos... ¿Y en los sanitarios? En los sanitarios (le voy a explicar a usted porque es turista extranjero) no pueden poner papel higiénico porque se roban el rollo: cuando inauguraron el aeropuerto nuevo de Medellín, que costó una millonada, un solo día lo pusieron y nunca más. Fue la multitud novelera con sus niños a conocerlo y se robaron hasta los sanitarios. Ah, y los maleteros, o sea los que cargan las maletas, son los que inician los robos. Que ese «man» que va allá trae un fajo de billetes y dos maletadas de contrabando: en cualquiera de las tres bajadas del aeropuerto a Medellín lo bajan. La otra vez, cuando volvía de Suiza, vi a un cristiano bajando a pie por una de esas carreteras como si anduviera en Grecia en una playa nudista, o sea como Dios lo echó al mundo a funcionar. Mi taxista no lo quiso recoger no fuera a ser un gancho para robarle el taxi. ¡Y yo convencido de que los taxistas eran los atracadores! No señor, o sí señor, aquí la vida humana no vale nada.

¿Y por qué habría de valer? Si somos cinco mil millones, camino de seis... Imprímalos en billetes a ver qué quedan valiendo. Cuando hay un cinco —digamos seis— con nueve ceros a la derecha, uno es un cero a la izquierda. Vale más un mono tití, de los que quedan pocos y son muy bravos. Nada somos, parcerito, nada semos, curémonos de este «afán protagónico» y recordemos que aquí nada hay más efímero que el muerto de ayer. ¿Quién sabe de los tres soldaditos del parque que dizque nos iban a requisar? No salieron ni en *El Colombiano*, y el que no sale en *El Colombiano* es porque sigue vivo o está muerto. ¿Y «parcerito» qué es? Es aquel a quien uno quiere aunque uno no se lo diga aunque él bien que lo sabe. Sutilezas de las comunas, pues.

La fugacidad de la vida humana a mí no me inquieta; me inquieta la fugacidad de la muerte: esta prisa que tienen aquí para olvidar. El muerto más importante lo borra el siguiente partido de fútbol. Así, de partido en partido se está liquidando la memoria de cierto candidato a la presidencia, liberal, muy importante, que hubo aquí y que tumbaron a bala de una tarima unos sicarios, al anochecer, bajo unas luces dramáticas y ante veinte mil copartidarios suyos en manifestación con banderas rojas. Ese día puso el país el grito en el cielo y se rasgaba las vestiduras. Y al día siguiente ¡goool! Los goles atruenan el cielo de Medellín y después tiran petardos o «papeletas» y «voladores», y uno no sabe si es de gusto o si son las mismas balas de anoche. Se oyen tiros en la oscuridad, por aquí, por allá, y uno antes de volverse a dormir se pregunta: «¿A quién habrán sacado ya de la fiesta?». Después usted vuelve a las ondas alfa, beta, gamma del sueño, arrullado por los tiros. Dormirse con tiroteo es mejor que con aguacero. Se siente uno tan protegido en su cama... Y yo con Alexis, mi amor... Alexis duerme abrazado a mí con su trusa y nada, pero nada, nada le perturba el sueño. Desconoce la preocupación metafísica.

Mire parcero: no somos nada. Somos una pesadilla de Dios, que es loco. Cuando mataron al candidato que dije yo estaba en Suiza, en un hotel con lago y televisor. «Kolumbien» dijeron en el televisor y el corazón me dio un vuelco: estaban pasando la manifestación de los veinte mil en el pueblito de la sabana y el tiroteo. Cayó el muñeco con su afán protagónico. Muerto logró lo que quiso en vida. La tumbada de la tarima le dio la vuelta al mundo e hizo resonar el nombre de la patria. Me sentí tan, pero tan orgulloso de Colombia…

—Ustedes —les dije a los suizos— prácticamente están muertos. Reparen en esas imágenes que ven: eso es vida, pura vida.

El próximo muertico de Alexis resultó siendo un transeúnte grosero: un muchachote fornido, soberbio, malo que es lo que es esta raza altanera. Por Junín, sin querer, nos tropezamos con él.

—Aprendan a caminar, maricas —nos dijo—. ¿O es que no ven?

Yo, la verdad, veo poco, pero Alexis mucho, ¿o si no cómo esa puntería? Pero esta vez, para variar, bordando sobre el mismo tema su consabida sonata no le chantó el pepazo en la frente, no: en la boca, en la sucia boca por donde maldijo. Y así, quién lo iba a creer, la última palabra que dijo el vivo fue «ven», como pueden ver volviendo a ver su frase. Nunca más vio. A estos muertos se les quedan los ojos abiertos sin ver. Y ojos que no ven, aunque uno los vea, no son ojos, como atinadamente observó el poeta Machado, el profundo.

Cuando el incidente íbamos para la Candelaria y para la Candelaria seguimos, sin más preámbulos, en el tropel. Esta iglesia es la más hermosa de Medellín, que tiene ciento cincuenta y que las conozco yo: cien con Alexis, esperando a veces horas enteras a que las abran. Pero la Candelaria nunca la cierran. Tiene a la entrada en la nave izquierda un Señor Caído de un dramatismo hermoso, doloroso, alumbrado siempre por veladoras: veinte, treinta, cuarenta llamitas rojas, efímeras, palpitando, temblando, titilando rumbo a la eternidad de Dios. Dios aquí sí se siente y el alma de Medellín que mientras yo viva no muere, que va fluyendo por esta frase mía con los ciento y tantos gobernadores que tuvo Antioquia, a tropezones, como don Pedro Justo Berrío, quien sigue afuera, en su parque, en su estatua, bombardeado por las traviesas e irreverentes palomas que lo abanican y demás. O como don Recaredo de Villa a quien, apuesto, usted no ha oído ni mencionar. Yo sí, lo conozco. Yo sé más de Medellín que Balzac de París, y no lo invento: me estoy muriendo con él.

¿Estuvo bien este último «cascado» de Alexis, el transeúnte boquisucio? ¡Claro que sí, yo lo apruebo! Hay que enseñarle a esta gentuza alzada la tolerancia, hay que erradicar el odio. ¿Cómo es eso de que porque uno se tropieza con otro en una calle atestada le van soltando semejantes vulgaridades? No es la palabra en sí (porque los maricas son buenos en esta explosión demográfica): es su carga de odio. Cuestión pues de semántica, como diría nuestro presidente Barco, el inteligente, que nos gobernó cuatro años con el mal de Alzheimer y le declaró la guerra al narcotráfico y en plena guerra se le olvidó.

—¿Contra quién es que estamos peliando? —preguntó y se acomodó la caja de dientes (o sea la dentadura postiza).

—Contra los narcos, presidente —le respondió el doctor Montoya, su secretario y memoria.

—Ah… —fue todo lo que contestó, con esa sabiduría suya.

El que no sea capaz de convivir que se vaya: a Venezuela, a ultratumba, a Marte, adonde sea. Sí niño, esta vez sí me parece bien lo que hiciste, aunque de malgenio en malgenio, de grosero en grosero vamos acabando con Medellín.

Hay que desocupar a Antioquia de antioqueños malos y repoblarla de antioqueños buenos, así sea éste un contrasentido ontológico.

Pero retomando el hilo perdido del discurso, el hilo de Machado y sus meditaciones trascendentales sobre el ojo, volvamos a los del muerto para preguntarnos: ¿por qué será que no los cierran? Abiertos, brillantes todavía de rabia mala, siguen reflejando sin parpadear al corrillo alegre, a la chusma vil que se arremolina en torno. Una vez, a uno, por caridad, se los quise cerrar para que no viera tanto alborozo, pero se le volvían a abrir como los de esos viejos muñecos de hace años que decían: «Mamá».

¿Difuntos? ¡Difuntos los que aquí hacemos! En el barrio de Aranjuez, la cuna de los Priscos que fueron la primera banda de sicarios, los que iniciaron la profesión, los pioneros, y que como tales ya están todos cascados, muertos, en el parque de ese barrio digo, estaba yo con Alexis (o si prefieren él conmigo) esperando a que abrieran la iglesita de San Nicolás de Tolentino para conocerla, cuando me volví a encontrar con El Difunto. Meses hacía que no lo veía, y lo noté muy recuperado, muy «repuesto».

—Ábranse —nos dijo—, que los van a cascar.

—Carambas, si alguna sospecha tengo yo a estas alturas del partido, parcero, es que soy más incascable que vos —le contesté—. Pero gracias por la advertencia.

¡El Difunto! Así llamado porque en un salón de billares lo encendieron a plomo y le empacaron cuatro tiros y murió pero no: cuando estaban en el velorio borrachos los parceros, abrazados al ataúd y cantándole «Tumba humilde» con un trío, tumbaron el ataúd, que al caer se abrió, y al abrirse salió el muerto: fue saliendo El Difunto pálido, pálido, dicen, y que con una erección descomunal. Esto, en términos psicoanalíticos, yo lo llamaría el triunfo de Eros sobre Thánatos. ¡Pero qué carajos, si el psicoanálisis está más en bancarrota que Marx! Al Difunto también me lo regalaron, recién salido del ataúd, y no eran sino los restos de lo que fue, del joven fornido y sano. Y ahora exangüe, anémico, fantasmal… ¡Pero qué, quién se resiste a acostarse con el ahijado de la Muerte! Siempre es bueno tener abogados que intercedan por uno ante tan caprichosa señora. ¿Pero a santo de qué estoy hablando de éste? Ah, porque dizque nos iban a matar en Aranjuez, un barrio alto pero muy bajo: alto en la montaña y bajo en mi consideración social. Ahí, cuando yo nací, terminaba esta ciudad delirante. Ahora ahí empiezan las comunas, que son la paz.

Nos levantamos de la banca del parque y dimos una somera vuelta por detrás de la iglesia tras despedirnos, por supuesto, del Difunto. Al regresar ahí estaban: bajándose de una moto, en el atrio, pensando que estábamos adentro pero no, estábamos afuera, y detrás de ellos. Sin muchas averiguaciones, *ipso facto*, en plena calle, Alexis les hizo lo mismo que otros le habían hecho al Difunto en el salón de billares: los encendió a bala. Estos difuntos, sin embargo, hasta donde yo sé, no regresaron nunca de su oscuro reino. Ahí están todavía esperándome, a mí con mis dudosos lectores.

¿Que cómo llegué a saber, a confirmar? Hombre, de lo más simple, de lo más sencillo, de lo más fácil: lo dijo el taxi. Llevaba el radio prendido cacariando, el asqueroso, cuando tras la noticia de otra matazón dieron la de ésta: que dos víctimas más, inocentes, de esta guerra sin fin no declarada, habían caído acribillados en el atrio de la iglesia de Aranjuez cuando se dirigían a misa, por dos presuntos sicarios al servicio del narcotráfico. ¿Yo un presunto «sicario»? ¡Desgraciados! ¡Yo soy un presunto gramático! No lo podía creer. Qué calumnia, qué desinformación. A ver, ¿quién me pagó?

¿Qué narcotraficante conozco yo como no sea nuestro embajador en Bulgaria porque salió en el periódico? ¿Sicario el que se defiende? ¿Qué policía había que nos defendiera a nosotros cuando nos iban a matar? De haber habido, nos habrían detenido para extorsionarnos. Pero no, andaban extorsionando en el centro. En la agonía de esta sociedad los periodistas son los heraldos del enterrador. Ellos y las funerarias son los únicos que se lucran. Y los médicos. Ése es su modus vivendi, vivir de la muerte ajena. En Italia a los periodistas los llaman «i paparazzi», o sea los papagayos; estos de aquí son buitres.

¡Y vuelta a ese apartamento vacío con una cama! La cama para el amor sólo sirve los primeros días; después el amor debe nutrirse de otras fuentes. ¿Como por ejemplo cuáles? Como por ejemplo digamos, montar una empresita juntos. Lo de la empresita lo pensé y lo deseché: ¡qué empresa va a prosperar aquí con tanta prestación, jubilación, inseguridad, impuestos, leyes! Impuestos y más impuestos pa que a la final nu haiga ni con qué tapar un hueco. El primer atracador de Colombia es el Estado. ¿Y una industria? La industria aquí está definitivamente quebrada: para todo el próximo milenio. ¿Y el comercio? Los asaltan. ¿Y servicios? ¡Qué servicios! ¿Poner una casa de muchachos? No los pagan. El campo también es otro desastre. Como está tan ocupado en la procreación, el campesino no trabaja. ¿Y de qué viven? Viven del racimo de plátanos que le roban al vecino, hasta que el vecino no vuelve a sembrar. No, el amor aquí no tiene alicientes. Es una chimenea sin leños que se mantiene como por milagro, ardiendo apagada.

Si por lo menos Alexis leyera... Pero esta criatura en eso era tan drástico como el gran presidente Reagan, que en su larga vida un solo libro no leyó. Esta pureza incontaminada de letra impresa, además, era de lo que más me gustaba de mi niño. ¡Para libros los que yo he leído! y mírenmé, véanmé. ¿Pero sabía acaso firmar el niño? Claro que sí sabía. Tenía la letra más excitante y arrevesada que he conocido: alucinante que es como en última instancia escriben los ángeles que son demonios. Aquí guardo una foto suya dedicada a mí por el reverso. Me dice simplemente así: «Tuyo, para toda la vida», y basta. ¿Para qué quería más? Mi vida entera se agota en eso.

Saliendo de conocer la iglesia de Robledo (un galponcito desangelado en donde a duras penas se para mi Dios), decidimos seguir pendiente arriba en busca de un mirador en la montaña para divisar a Medellín, para apreciarlo en su conjunto con la objetividad que da la distancia, sin predisposiciones ni amores. A mano izquierda subiendo, en una finquita vieja, un rodadero con un platanar seco, abandonado, leíase el siguiente anuncio en mayúsculas torcidas y desflecadas, como para cartel de Drácula: SE PROHÍBE ARROJAR CADÁVERES. ¿Se prohíbe? ¿Y esos gallinazos qué? ¿Qué era entonces ese ir y venir de aves negras, brincando, aleteando, picoteando, patrasiándose para sacarle mejor las tripas al muerto? Como un niño travieso, haga de cuenta usted, jalándole la cuerda a un payasito de cuerda que ya no hará más payasadas en esta vida. ¿El cadáver de quién? ¡Y yo qué sé! Nosotros no lo matamos. De un hijo de su mamá. Cuando pasábamos ya estaba ahí, y en plena fiesta los gallinazos e invitando más. Lo tostaron y ahí lo tiraron violando el anuncio, de donde se deduce que: mientras más se prohíbe menos se cumple. ¿Sería en vida una bellecita? ¿O un «man» malevo? «Man» aquí significa como en inglés, hombre. Nuestros manes, pues, no son los espíritus protectores. Por el contrario, son humanos e hideputas, como dijo don Quijote.

Dije arriba que no sabía quién mató al vivo pero sí sé: un asesino omnipresente de psiquis tenebrosa y de incontables cabezas: Medellín, también conocido por los alias de Medallo y de Metrallo lo mató.

¿Que si tiene el país cosas buenas? Pero claro, lo bueno es que aquí nadie se muere de aburrición. Va uno de bache en bache desquitándoles al atracador y al gobierno. Compañero, amigo y paisano: no hay ave más hermosa que el gallinazo, ni de más tradición: es el buitre del español milenario, el «vultur» latino. Tienen estas avecitas la propiedad de transmutar la carroña humana en el espíritu del vuelo. Mejores pilotos nadie, ni los del narcotráfico. ¡Mírenlos sobre el cielo de Medellín planeando! Columpiándose en el aire, desflecando nubes, abanicando el infinito azul con su aleteo negro. Ese negro que es el luto de los entierros… Y aterrizan como los pilotos de don Pablo: en un campito insignificante, minúsculo, cual la punta de este dedo.

—Me gustaría terminar así —le dije a Alexis—, comido por esas aves para después salir volando.

A mí que no me metan en camisa de ataúd por la fuerza: que me tiren a uno de esos botaderos de cadáveres con platanar y prohibición expresa, escrita, para violarla, que es como he vivido y como lo dispongo aquí. Desde el morro del Pan de Azúcar hasta el Picacho vuelan los gallinazos con sus plumas negras, con sus almas limpias sobre el valle, y son, como van las cosas, la mejor prueba que tengo de la existencia de Dios.

En tanto, mientras llamamos a Éste a pedirle cuentas, sigamos ajustándoselas a nuestros paisanos de aquí abajo. Después de los dos sicarios de Aranjuez con moto ¿quién siguió? ¿Siguió la empleada grosera, o el taxista altanero? Aquí sí ya no sé, con esta memoria cansada se me empiezan a embrollar los muertos. ¡Para Funes el memorioso nuestro ex presidente Barco! Como el orden de los factores no altera el producto, que pase primero el taxista altanero. Sucedieron así las cosas: frente a la antigua estación del Ferrocarril de Antioquia (ya desmantelado porque se robaron los rieles), tomamos un taxi entre buses atestados. Pues, para variar, llevaba el taxista el radio prendido tocando vallenatos, que son una carraca con raspa y que no soporta mi delicado oído.

—Bájele al radio, señor, por favor —le pidió este su servidor con la suavidad que lo caracteriza.

¿Qué hizo el ofendido? Le subió el volumen a lo que daba, «a todo taco».

—Entonces pare, que nos vamos a bajar —le dije.

Paró en seco, con un frenazo de padre y señor mío que nos mandó hacia adelante, y para rematar mientras nos bajábamos nos remachó la madre:

—Se bajan, hijueputas.

Y arrancó: arrancó casi sin que tocáramos el piso, haciendo rechinar las llantas. De los mencionados hijueputas, yo me bajé humildemente por la derecha, y Alexis por la izquierda: por la izquierda, por su occipital o huesito posterior, trasero, le entró el certero tiro al ofuscado, al cerebro, y le apagó la ofuscación. Ya no tuvo que ver más con pasajeros impertinentes el taxista, se licenció de trabajar, lo licenció la Muerte: la Muerte, la justiciera, la mejor patrona, lo jubiló. Con el impulso que llevaba el taxi por la rabia, más el que le añadió el tiro, se siguió hasta ir a dar contra un poste a explotar, mas no sin antes llevarse en su carrera loca hacia el otro toldo a una señora embarazada y con dos niñitos, la cual ya no tuvo más, truncándose así la que prometía ser una larga carrera de maternidad.

¡Qué esplendida explosión! Las llamas abrasaron al vehículo malhechor pero Alexis y yo tuvimos tiempo de acercarnos a ver cómo ardía el muñeco. De lo más de bien, como dicen aquí con este idioma tan expresivo.

—¡Una soda para apagarlo! —pedía a gritos un transeúnte imbécil.

—¿Y de dónde vamos a sacar una soda, hombre? ¿Acaso somos James Bond que lleva todo lo que se necesita encima? Déjelo que se acabe de quemar para que ya no sufra.

Treinta y cinco mil taxis había en Medellín; quedaban treinta y cuatro mil novecientos noventa y nueve.

Y llegado aquí sí me quito el sombrero ante el ex presidente Barco. Tenía razón, todo el problema de Colombia es una cuestión de semántica. Vamos a ver: «hijueputa» aquí significa mucho o no significa nada. «¡Qué frío tan hijueputa!», por ejemplo, quiere decir: ¡qué frío tan intenso! «Es un tipo de una inteligencia la hijueputa» quiere decir: muy inteligente. Pero «hijueputas» a secas como nos dijo ese desgraciado, ah, eso ya sí es otra cosa. Es el veneno que te escupe la serpiente. Y a las serpientes venenosas hay que quebrarles la cabeza: o ellas o uno, así lo dispuso mi Dios. Muerta la serpiente seguimos con Eva, la empleada de la cafetería: murió de un tiro en la boca. Cuando nos tiró el café la delicada, porque le pedimos una servilleta entera y no esos triangulitos de papel minúsculos con los que no se limpia ni la trompa una hormiga, a Alexis lo primero que se le ocurrió fue la boca, y por la boca se despachó a la maldita. Guardó su juguete y salimos de la cafetería como si tales, limpiándonos satisfechos con un palillo los dientes.

—Aquí se come muy bien, hay que volver.

Como usted comprenderá nunca volvimos. Eso de que se vuelve al sitio son pendejadas de Dostoievski. Volvería él cuando mató a la vieja, yo no. ¿Para qué? ¿Habiendo tanta cafetería en Medellín y tan atentas?

Por esos días de tanto refugio se empeñó Alexis en que le comprara una mini-Uzi.

—Por ningún motivo, ni lo sueñes, una mini-Uzi jamás. Eso es muy visible, nos pone muy banderas.

Para mí era casi como una erección en el bus. ¿Se imaginan ustedes a uno andando con una subametralladora acomodada entre los pantalones? ¿Que cómo son? Ah, yo no sé, nunca se la compré. Según él, que la policía me la vendía, que yo era muy verraco pa convencer.

—Seré yo muy verraco, ¿pero qué les voy a alegar a ésos? ¿Que la necesito para defenderme del televisor y sus continuos atentados al idioma? No, aunque mi más profundo deseo fuera complacerlo, definitivamente no. Ahora, pasado el tiempo, me río de esos adverbios en «mente», tan largos pero tan desinflados. Son meras apariencias. Si hubiera insistido un poquito, yo me conozco, hubiera ido adonde el mismísimo general comandante en jefe a comprarle su mini-Uzi. El último gramático de Colombia, que tuvo tantos y tan famosos, no puede andar con menos que con una mini-Uzi para su protección personal, ¿o no, mi general? Otra cosa es que tenga uno tiempo para sacarla. En este oeste...

Tampoco le compré la moto. ¿Me pueden ver a mí, con esta dignidad, con estos años, abrazado a él de «parrillero» en una moto envenenada, todos ventiados? No, que ni lo soñara. «Así que me va apagando ese radio, señor taxista, que hoy no ando pa discusiones». Y santo remedio, lo apagaban. Algo oían en mi tono de perentorio, la voz de Thánatos, que les quitaba toda gana de disentir: o lo apagaban o lo apagaban. ¡Qué delicia viajar entre el rüido en el silencio! El süave rüido de afuera entraba por una ventanilla del taxi y salía por la otra purificado de agresiones personales, como filtrado por el silencio de adentro.

Y ahora qué, sin mini-Uzi, sin moto, ¿qué nos ponemos a hacer?

—Ponte a leer *Dos años de vacaciones*, niño.

¡Qué iba a leer! No tenía la paciencia. Todo lo quería ya, como un tiro por entre un tubo. Por lo menos era martes, día de peregrinación a Sabaneta cuando llegamos en plena plaza se estaban encendiendo a bala dos bandas que no se podían ver, pero que ni en pintura. Se estaban dando plomo a lo loco estos dos combos «por cuestiones territoriales», como decían antes los biólogos y como dicen ahora los sociólogos. ¿Territoriales? ¿Dos bandas de la comuna nororiental, que como su nombre lo indica está en el Norte, agarradas de la greña en Sabaneta, que está en el Sur, en el otro extremo? Sabaneta goza de extraterritorialidad, amigos, y aquí no me vengan a dirimir sus querellas de barrio: esto es mar abierto para todos los tiburones. ¡O qué! ¿Creen que María Auxiliadora es propiedad privada? María Auxiliadora es de todos y el parque de nadie: que ninguno sueñe con que es propio porque orinó primero, porque en este parque nadie orina.

Eso que dije yo es lo que debió decir la autoridad, pero como aquí no hay autoridad sino para robar, para saquear a la res pública... Y así me encuentro a Sabaneta, el pueblo sagrado de mi niñez, en el bochinche y la guachafita, en el más descarado desorden que me están introduciendo estos cabrones. Mi indignación no podía más, me estaba dando un ataque de ira santa. «¡Uuuuuu! ¡Uuuuuu!» aullaba una ambulancia con su letrero de ambulancia escrito al revés para que uno tenga que leerlo patas arriba dando la vuelta; paraba en seco y se bajaban dos camilleros a recoger a los muertos. Dos, tres, cuatro... ¿Esto es la guerra de Bosnia-Herzegovina o qué, una masacre? Y he aquí otro ejemplo de lo hiperbólico que se nos ha vuelto el idioma en manos de los «comunicadores sociales». ¿Una masacre de cuatro? Eso es puro desinflamiento semántico. ¡Masacres las de ahora tiempos! Cuando los conservadores decapitaban de una a cien liberales y viceversa. Cien cadáveres sin cabeza y descalzos porque el campesino de entonces no usaba zapatos. ¡Ésas sí son masacres! Ustedes muchachitos de hoy en día no han visto nada, les está tocando muy bueno. ¡Masacres!

Treinta y tres millones de colombianos no caben en toda la vastedad de los infiernos. Hay que dejar un espacio prudente entre dos de ellos para que no se maten, digamos una cuadra, de suerte que si no se pueden ver por lo menos se divisen. ¡Pero miren qué hacinamientos! Millón y medio en las comunas de Medellín, encaramados en las laderas de las montañas como las cabras, reproduciéndose como las ratas. Después se vuelcan sobre el centro de la ciudad y Sabaneta y lo que queda de mi niñez, y por donde pasan arrasan. «Acaban hasta con el nido de la perra» como decía mi abuela, pero no de ellos: de sus treinta nietos. Mi abuela no conoció las comunas, se murió sin. En santa paz.

Entramos en la iglesia, pasamos ante el Señor Caído, y seguimos hasta el altar del fondo en la nave izquierda, el de María Auxiliadora, la virgencita alegre con el Niño, flotando sobre un mar de ofrendas de flores y constelada de estrellas. Adultos y viejos llenaban la iglesia y, cosa notable, muchachos con el corte de pelo de los punkeros, rezando, confesándose: los sicarios. ¿Qué pedirán? ¿De qué se confesarán? ¡Cuánto daría por saberlo y sus exactas palabras! Saliendo como una luz turbia de la oscuridad de unos socavones, esas palabras me revelarían su más profunda verdad, su más oculta intimidad. «Yo debo de ser muy malo, padre, porque he matado a quince». ¿Eso, por ejemplo? La presencia de tantos jóvenes en la iglesita de Sabaneta me causaba asombro. Pero ¿asombro por qué? También yo estaba allí y veníamos a buscar lo mismo: paz, silencio en la penumbra.

Tenemos los ojos cansados de tanto ver, y los oídos de tanto oír, y el corazón de tanto odiar.

—Madre Santísima, María Auxiliadora, señora de bondad y de misericordia, prosternado a vuestros pies y avergonzado de mis culpas, lleno de confianza en vos os suplico atendáis este ruego: que cuando llegue mi última hora, por fin, acudáis en mi socorro para que tenga la muerte del justo. Ahuyentad al espíritu maligno y su silbo traicionero, y libradme de la condenación eterna, que la pesadilla del infierno ya la he vivido en esta vida y con creces: con mi prójimo. Amén.

A ver, ustedes que dizque son tan buenos católicos ¿me sabrán decir en qué iglesia de Medellín está san Pedro Claver? En la de la Sagrada Familia no. En la del Carmelo no. En la del Rosario no. En la del Calvario tampoco. ¿Dónde pues? En la iglesia de San Ignacio, en la nave derecha. ¿Y en dónde está el beato de la Colombière? ¿En la de la Asunción? ¿En la de la Visitación? ¿En la de Cristo Rey? ¿En la de Jesús Obrero? No, no, no y tampoco. En ninguna de ésas está: está también en la de San Ignacio, en el altar mayor, al lado de éste. ¿Y saben, por lo menos, en cuál está san Cayetano? Pues sepan por si no lo saben que en la de San Cayetano, como san Blas en la de San Blas, y san Bernardo en la de San Bernardo. Ciento cincuenta iglesias tiene Medellín, mal contadas, casi como cantinas, una exageración, y descontando las de las comunas a las que sólo sube mi Dios con escolta, las conozco todas. Todas, todas, todas. A todas he ido a buscarlo. Por lo general están cerradas y tienen los relojes parados a las horas más dispares, como los del apartamento de mi amigo José Antonio donde conocí a Alexis. Relojes que son corazones muertos, sin su tic-tac.

Ha de saber Dios que todo lo ve, lo oye y lo entiende, que en su Basílica Mayor, nuestra Catedral Metropolitana, en las bancas de atrás se venden los muchachos y los travestis, se comercia en armas y en drogas y se fuma marihuana. Por eso, cuando está abierta, suele haber un policía vigilando. Pregúntenle a ver si invento. ¿Y Cristo dónde está? ¿El puritano rabioso que sacó a fuete a los mercaderes del templo? ¿Es que la cruz lo curó de rabietas, y ya no ve ni oye ni huele? Al olor sacrosanto del incienso se mezcla el de la marihuana, la que sopla desde afuera, desde el atrio, o la que se fuma adentro. La mezcla te produce cierta religiosa alucinación y ves o no ves a Dios, dependiendo de quien seas. Años hace que no venía a esta catedral al Oficio de Difuntos, a rezar por Medellín y su muerte, pero ahora Alexis, mi niño, me acompaña. He dejado de ser uno y somos dos: uno solo inseparable en dos personas distintas. Es mi nueva teología de la Dualidad, opuesta a la de la Trinidad: dos personas que son las que se necesitan para el amor; tres ya empieza a ser orgía.

Viniendo de la catedral, en el parque de Bolívar donde Junín desemboca a éste, en ese Centro Comercial de ladrillo que construyeron sobre el sitio mismo en que se levantaban, siglos ha, arqueológicamente, las dos cantinas de mi juventud, el Metropol y el Miami, ahí presenciamos la escena: un gamincito sucio y grosero insultaba llorando a un policía:

—¡Gonorrea! —le decía—. ¡Por qué me pegaste, gonorrea!

Y tres de los espectadores del corrillo defendiéndolo. Son esos defensores de los «derechos humanos», o sea los de los delincuentes, que aquí surgen por todas partes espontáneamente para sumársele al «defensor del pueblo» que instituyó la nueva Constitución que convocó el bobo marica. Yo no sé por qué le pegaría el policía y si le pegó, pero la palabra en boca de ese niño era la más cargada de rencor y de odio que he oído en mi vida. ¡Y miren que he vivido! «¡Gonorrea!». El infierno entero concentrado en un taco de dinamita. «Si este hijueputica —pensé yo— se comporta así de alzado con la autoridad a los siete años, ¿qué va a ser cuando crezca? Éste es el que me va a matar». Pero no, mi señora Muerte tenía dispuesto para esta criaturita otra cosa esa tarde. El policía, uno de esos jovencitos bachilleres que están reclutando ahora para lanzarlos, sin armas y atados de manos por las alcahueterías de la ley, al foso de los leones, no sabía qué hacer, qué decir. Y los tres defensores enfurecidos, abogando por el minúsculo delincuente y cacariando, amparados desde la valentía cobarde de la turbamulta, que dizque estaban dispuestos que dizque a hacerse matar, que dizque si fuera necesario, del que no tenía armas. Pues se hicieron pero del que sí: sacó el Ángel Exterminador su espada de fuego, su «tote», su «fierro», su juguete, y de un relámpago para cada uno en la frente los fulminó. ¿A los tres? No bobito, a los cuatro. Al gamincito también, claro que sí, por supuesto, no faltaba más hombre. A esta gonorreíta tierna también le puso en el susodicho sitio su cruz de ceniza y lo curó, para siempre, del mal de la existencia que aquí a tantos aqueja. Sin alias, sin apellido, con su solo nombre, Alexis era el Ángel Exterminador que había descendido sobre Medellín a acabar con su raza perversa.

—Vaya a buscar a su superior —le aconsejé al pobre policía jovencito cuando lo vi tan perplejo— y le cuenta lo que pasó, y que después decidan ellos, con cabeza fría, cómo ocurrieron las cosas.

Y seguí mi camino tras Alexis, y sin más tomamos el primer taxi que pasó.

—¿Qué pasó? —preguntó el desgraciado taxista viendo el tropel que se armaba afuera, y subiéndole instintivamente al radio a ver si daban la noticia.

—Nada —contesté—. Cuatro muertos. Y apague el loro que venimos supremamente ofuscados.

Se lo dije en uno de esos tonos que he cogido que no admiten réplica, y dócil, sumiso, vil, lo apagó.

De las comunas de Medellín la nororiental es la más excitante. No sé por qué, pero se me metió en la cabeza. Tal vez porque de allí, creo yo, son los sicarios más bellos. Mas no pienso subir a constatarlo. Si la Muerte me quiere, si está enamorada de mí, que baje aquí. «Enamorada» dije y efectivamente, en el sentido de las comunas. Como cuando un muchacho de allí dice: «Ese tombo está enamorado de mí». Un «tombo» es un policía, ¿pero «enamorado»? ¿Es que es marica? No, es que lo quiere matar. En eso consiste su enamoramiento: en lo contrario. Cualquier sociólogo chambón de esos que andan por ahí analizando en las «consejerías para la paz», concluiría de esto que al desquiciamiento de una sociedad se sigue el del idioma. ¡Qué va! Es que el idioma es así, de por sí ya es loco. Y la Muerte una obsesiva laboradora. No descansa. Ni lunes ni martes ni miércoles ni jueves ni viernes ni sábados y domingos, fiestas civiles y de guardar, puentes y superpuentes, días del padre, de la madre, de la amistad, del trabajo… ¡Del trabajo, carajo, ni ése descansa! Pero trabajando así, con tanto tesón, sin crear nuevas fuentes de empleo disminuye el desempleo que aquí, según dicen los tanatólogos, es el que trae más violencia. O sea que mientras más muertos menos muertos. Mi señora Muerte pues, misiá, mi doña, la paradójica, es la que aquí se necesita. Por eso anda toda ventiada por Medellín día y noche en su afán haciendo lo que puede, compitiendo con semejante paridera, la más atroz. Este continuo nacer de niños y el suero oral le están sacando canas.

Las comunas son, como he dicho, tremendas. Pero no me crean mucho que sólo las conozco por referencias, por las malas lenguas: casas y casas y casas, feas, feas, feas, encaramadas obscenamente las unas sobre las otras, ensordeciéndose con sus radios, día y noche, noche y día a ver cuál puede más, tronando en cada casa, en cada cuarto, desgañitándose en vallenatos y partidos de fútbol, música salsa y rock, sin parar la carraca. ¿Cómo le hacía la humanidad para respirar antes de inventar el radio? Yo no sé, pero el maldito loro convirtió el paraíso terrenal en un infierno: el infierno. No la plancha ardiente, no el caldero hirviendo: el tormento del infierno es el ruido. El ruido es la quemazón de las almas.

Cada comuna está dividida en varios barrios, y cada barrio repartido en varias bandas: cinco, diez, quince muchachos que forman una jauría que por donde orina nadie pasa. Es la tan mentada «territorialidad» de las pandillas que se estaba decidiendo la otra tarde en Sabaneta. Por razones «territoriales», un muchacho de un barrio no puede transitar por las calles de otro. Eso sería un insulto insufrible a la propiedad, que aquí es sagrada. Tanto pero tanto tanto que en este país del Corazón de Jesús por unos tenis uno mata o se hace matar. Por unos tenis apestosos estamos dispuestos a irnos a averiguar a qué huele la eternidad. Yo digo que a perfume neutro. Pero no nos desviemos de las comunas de aquí abajo y sigamos subiendo, viendo: ojos secretos nos espían por las rendijas: ¿Quiénes seremos? ¿Qué querremos? ¿A qué vendremos? ¿Seremos sicarios contratados, o vendremos a contratar sicarios? Asolados por las bandas, se ven aquí y allá negocitos entre rejas: una venta, por ejemplo, de aguardiente, o un «granero» con su extenso surtido de cuatro plátanos, cuatro yucas y unos limones podridos. Los limones de Colombia son una vergüenza, no se dan; el musgo de la humedad los asfixia. Aquí nunca tendremos limones buenos. Ni cine: al que le da por filmar le roban las cámaras. Si no, ¡qué película no te harías para Colombia y la eternidad que nos diera la palma de oro del Festival de Cannes! Por estas callejuelas empinadas, por estas escalinatas de cemento que van subiendo lentamente, cansadamente, dolorosamente rumbo al cielo, que no es nuestro, ascendiendo de escalón en escalón y los escalones tallados en las laderas de la montaña, en su tierra amarilla y yerma, en el mismo barro de que hizo Dios al hombre, su juguete, perdiéndonos en el laberinto de los callejones y de los odios, tratando de desentrañar lo inextricable, la trama enmarañada de los rencores y los ajustes de cuentas que se heredan de padres a hijos y se pasan de hermanos a hermanos como el sarampión, ¿qué decía? Que qué película tan hermosa, tan dolorosa no haríamos. Pero no, ésos son sueños y los sueños sueños son. Y a Medellín, además, el cine y la novela le quedan muy chiquitos. Algún día, cuando menos lo pensemos, queriendo o no queriendo, iremos a dar a la morgue a ver si sí o si no, a contar cadáveres, a sumárselos a las cifras desorbitadas de la Muerte, mi señora, la única que aquí reina. Sí señor. La lucha implacable es a muerte, esta guerra no deja heridos porque después se nos vuelven culebras sueltas. No señor.

Antaño, en época de lluvias bajaban por los barriales resbalando, patinando; eran montañas sin calles, tierreros, pero por donde se podía transitar libremente. Estos barrios cuando los fundaron eran, como se dice, «barrios de puertas abiertas». Ya nunca más. Las guerras de las bandas están casadas: de barrio con barrio, de cuadra con cuadra. Una muerte trae otra muerte y el odio más odio. Esto es así, la ley del gato que gira y gira queriendo agarrarse la cola. Y las rachas de violencia que no apagan los entierros… Por el contrario, las encienden. Se diría que en las comunas los destinos de los vivos están en manos de los muertos. El odio es como la pobreza: son arenas movedizas de las que no sale nadie: mientras más chapalea uno más se hunde.

¿Cómo puede matar uno o hacerse matar por unos tenis? preguntará usted que es extranjero. Mon cher ami, no es por los tenis: es por un principio de Justicia en el que todos creemos. Aquel a quien se los van a robar cree que es injusto que se los quiten puesto que él los pagó; y aquel que se los va a robar cree que es más injusto no tenerlos. Y van los ladridos de los perros de terraza en terraza gritándonos a voz en cuello que son mejores que nosotros. Desde esas planchas o terrazas de las comunas se divisa a Medellín. Y de veras que es hermoso. Desde arriba o desde abajo, desde un lado o desde el otro, como mi niño Alexis. Por donde lo mire usted.

Rodaderos, basureros, barrancas, cañadas, quebradas, eso son las comunas. Y el laberinto de calles ciegas de construcciones caóticas, vívida prueba de cómo nacieron: como barrios «de invasión» o «piratas», sin planificación urbana, levantadas las casas de prisa sobre terrenos robados, y defendidas con sangre por los que se los robaron no se las fueran a robar. ¿Un ladrón robado? Dios libre y guarde de semejante aberración, primero la muerte. Aquí el ladrón no se deja, mata por no dejarse o se hace matar. Y es que en Colombia la posesión de lo robado y la prescripción del delito hacen la ley. Es cuestión de aguantar. Después, poco a poco, de ladrillito en ladrillito, va construyendo uno la segunda planta de la casa sobre la primera, como el odio de hoy se construye sobre el odio de ayer. Parados en una esquina de las comunas, los sobrevivientes de las bandas esperan a ver quién viene a contratarlos o a ver qué pasa. Ni nadie viene ni nada pasa: eso era antes, en los buenos tiempos, cuando el narcotráfico les encendía las ilusiones. No sueñen más, muchachos, que esos tiempos, como todo, ya pasaron. ¡O qué!

¿También se creyeron ustedes eternos porque se estaban muriendo rápido? Parchados en una esquina de las comunas, viendo correr las horas desde una encrucijada del tiempo, los muchachos de las antiguas bandas hoy son fantasmas de lo que fueron. Sin pasado, sin presente, sin futuro, la realidad no es la realidad en las barriadas de las montañas que circundan a Medellín: es un sueño de basuco. En tanto, la Muerte sigue subiendo, bajando, incansable, por esas calles empinadas. Sólo nuestra fe católica más nuestra vocación reproductora la pueden contrarrestar un poco.

Si de las comunas la que más me gusta es la nororiental, de los presidentes de Colombia el que prefiero es Barco. Por sobre el terror unánime, cuando plumas y lenguas callaban y culos temblaban le declaró la guerra al narcotráfico (él la declaró aunque la perdimos nosotros, pero bueno). Por su lucidez, por su memoria, por su inteligencia y valor, vaya aquí este recuerdo. Pensando que todavía era ministro del presidente Valencia, que gobernó veintitantos años atrás, le expresaba lo siguiente al doctor Montoya, su secretario, el suyo:

—Voy a aconsejarle al presidente, en el próximo Consejo de Ministros, que le declare la guerra al narcotráfico.

Y el doctor Montoya, su memoria y conciencia, le corregía:

—El presidente es usted, doctor Barco, no hay otro.

—Ah... —decía él pensativo—. Entonces vamos a declarársela.

—Ya se la declaramos, presidente.

—Ah... Entonces vamos a ganarla.

—Ya la perdimos, presidente —le explicaba el otro—. Este país se jodió, se nos fue de las manos.

—Ah...

Y eso era todo lo que decía. Después tornaba a su obnubilación, a las brumas de su desmemoria. Tumbado de la tarima el candidato ambicioso, montándose sobre su cadáver subió, después de Barco, la criaturita que hoy tenemos, el lorito gárrulo. Y las encuestas lo favorecen, todos decimos que sí, que sí, que sí. Que lo está haciendo «de lo más de bien», como dicen.

Al Sumo Pontífice o capo de los capos o gran capo, para protegerlo de sus enemigos, los otros capos, esta ocurrencia que tenemos de presidente le construyó una fortaleza con almenas llamada La Catedral, y pagó para que lo cuidaran, con dinero público (o sea tuyo y mío, que lo sudamos), un batallón de guardias del pueblo de Envigado que el gran capo escogió: «Quiero a éste, a aquél, a aquel otro. A ese de más allá no lo quiero porque no le tengo confianza». Así fue escogiendo a sus guardianes o guardaespaldas. Un día, harto de la catedral y de jugar fútbol con tres compinches en el patio, con sus propias paticas el gran capo fue saliendo, dejando a su batallón comiendo pollo. Y se les perdió año y medio durante el cual el lorito gárrulo ofreció para el que lo encontrara, por televisión, una recompensa en dólares, en billete verde de los que aquí fabricamos o lavamos, grandísima, como de la revista *Forbes*, y puso veinticinco mil soldados a buscarlo por cuanto hueco había, menos en los del Palacio de Nariño donde él vive. Yo decía que estaba allí, encaletado, en cualquier resquicio del presupuesto. Pero no: estaba a la vuelta de mi casa. Desde las terrazas de mi apartamento oí los tiros: ta-ta-ta-ta-tá. Dos minutos de ráfagas de metralleta y ya, listo, don Pablo se desplomó con su mito. Lo tumbaron en un tejado huyendo, como a un gato en desgracia. Dos tiros tan sólo le pegaron, por el su lado izquierdo: uno por el su cuello, otro por la su oreja. Se despanzurró como el susodicho gato sobre el «entejado», su tejado caliente, quebrando, entre él y sus veinticinco mil perseguidores, más de un millón de tejas en la persecución. La recompensa no me la gané yo, pero estuve a tres cuadras.

Muerto el gran contratador de sicarios, mi pobre Alexis se quedó sin trabajo. Fue entonces cuando lo conocí. Por eso los acontecimientos nacionales están ligados a los personales, y las pobres, ramplonas vidas de los humildes tramadas con las de los grandes. La tarde en que La Plaga me habló de Alexis en el salón de billares me contó del exterminio de su banda: diecisiete o no sé cuántos, que fueron cayendo uno por uno, religiosamente como se va rezando el rosario, y de los que no quedó sino mi niño. Ese «combo» fue una de las tantas bandas que contrató el narcotráfico para poner bombas y ajustarles las cuentas a sus más allegados colaboradores y gratuitos detractores. A periodistas, por ejemplo, de la prensa hablada y escrita con ánimos de «figuración» así fuera en cadáver; o a los ex socios del gobierno: congresistas, candidatos, ministros, gobernadores, jueces, alcaldes, procuradores y cientos de policías que ni menciono porque son pecata minuta. Todos se fueron yendo, como avemarías del rosario. ¿Pero algún inocente habría, preguntará usted que es sano, entre los del gobierno? Sí, como en Sodoma y Gomorra. Haciéndose los de la boca chiquita los muy bocones y todos bien untados. Todo político o burócrata (que son lo mismo, puesteros) es por naturaleza malvado, y haga lo que haga, diga lo que diga no tiene justificación. Jamás presumas de éstos su inocencia. Eso es candor.

Y sigamos con los muertos, que es a lo que vinimos. Pues que vamos por Junín abajo mi niño y yo, y que de entre la chusma va saliendo El Difunto a manifestarnos que: uno, que anoche uno de sus compinches, de sus «parceros», un guardaespaldas de un capo, se había matado jugando a la ruleta rusa. Que sacó cuatro balas del tambor del revólver, se lo llevó a la sien y que jaló el gatillo: la primera de las dos balas que dejó, sin darle chance a la segunda, le despeputó los sesos. Y dos, que nos «pisáramos» que nos venían a matar y que con balas rezadas y que esta vez era en serio.

—Vamos por partes —le contesté—. Uno: ¿era el guardaespaldas suicidado una bellecita?

Que él no sabía, que él no se fijaba en esas cosas.

—Pues te tienes que fijar, Difunto, ¿o para qué te dio Dios esos ojos si no es para ver y el corazón para latir al sentir la belleza?

Que la pinta no era gran cosa.

—Entonces no se perdió gran cosa.

En cuanto a lo segundo, que no se preocupara, que las balas rezadas no bien tocaban mi sagrada túnica, mi ropa santa se desintegraban. Entonces surgieron los de la moto de entre una nube de polvo y la multitud disparando. ¿Saben a quién le dieron, adónde desvió sus balas mi señora Muerte? A otra señora, embarazada. Le entamboraron de plomo la barriga y allí mismo, en pleno Junín, falleció con su feto. ¿Y los de la moto, se fueron? ¡Ja! Se fueron con el impulso de la muerte rumbo al derrumbadero de la eternidad: por sus respectivos occipitales, cuando huían, Alexis les voló la cabeza. Y otra vez a irnos yendo entre el tropel, entre el escándalo, en esta ciudad tan alharacosa y caliente. Y ese olor espantoso de fritangas con aceite rancio...

Las balas rezadas se preparan así: pónganse seis balas en una cacerola previamente calentada hasta el rojo vivo en parrilla eléctrica. Espolvoréense luego en agua bendita obtenida de la pila de una iglesia, o suministrada, garantizada, por la parroquia de San Judas Tadeo, barrio de Castilla, comuna noroccidental. El agua, bendita o no, se vaporiza por el calor violento, y mientras tanto va rezando el que las reza con la fe del carbonero:

—Por la gracia de San Judas Tadeo (o el Señor Caído de Girardota o el padre Arcila o el santo de tu devoción) que estas balas de esta suerte consagradas den en el blanco sin fallar, y que no sufra el difunto. Amén.

¿Que por qué digo que con la fe del carbonero? Ah yo no sé, de estas cosas no entiendo, nunca he rezado una bala. Ni nadie, nadie, nadie me ha visto hasta ahora disparar.

¿Qué es lo que está diciendo este vallenato que oigo por todas partes desde que vine, al desayuno, al almuerzo, a la cena, en el taxi, en mi casa, en tu casa, en el bus, en el televisor? Dice que «Me lleva a mí o me lo llevo yo pa que se acabe la vaina». Lo cual, traducido al cristiano, quiere decir que me mata o lo mato porque los dos, con tanto odio, no cabemos sobre este estrecho planeta. ¡Ajá, conque eso era! Por eso andaba Colombia tan entusiasmada cantándolo, porque le llegaba al alma. No había reparado en la letra, yo sólo oía la carraca. Por este restico de año, por lo que falta, hasta año nuevo, Colombia seguirá cantando alegre, con amor de fiesta, su canción de odio. Ya después se le olvidará, como se le olvida todo.

Cuando a una sociedad la empiezan a analizar los sociólogos, ay mi Dios, se jodió, como el que cae en manos del psiquiatra. Por eso no analicemos y sigamos:

—Con el radio apagado, señor taxista, que ya tengo muy oído ese vallenato, y no-lo-re-sis-to.

Nos bajamos en el parque de Bolívar, en el corazón del matadero, y seguimos hacia la Avenida La Playa por entre la chusma y los puestos callejeros caminando, para calibrar el desastre.

¿Las aceras? Invadidas de puestos de baratijas que impedían transitar. ¿Los teléfonos públicos? Destrozados. ¿El centro? Devastado. ¿La universidad? Arrasada. ¿Sus paredes? Profanadas con consignas de odio «reivindicando» los derechos del «pueblo». El vandalismo por donde quiera y la horda humana: gente y más gente y más gente y como si fuéramos pocos, de tanto en tanto una vieja preñada, una de estas putas perras paridoras que pululan por todas partes con sus impúdicas barrigas en la impunidad más monstruosa. Era la turbamulta invadiéndolo todo, destruyéndolo todo, empuercándolo todo con su miseria crapulosa.

—¡A un lado, chusma puerca!

Íbamos mi niño y yo abriéndonos paso a empellones por entre esa gentuza agresiva, fea, abyecta, esa raza depravada y subhumana, la monstruoteca. Esto que veis aquí marcianos es el presente de Colombia y lo que les espera a todos si no paran la avalancha. Jirones de frases hablando de robos, de atracos, de muertos, de asaltos (aquí a todo el mundo lo han atracado o matado una vez por lo menos) me llegaban a los oídos pautadas por las infaltables delicadezas de «malparido» e «hijueputa» sin las cuales esta raza fina y sutil no puede abrir la boca. Y ese olor a manteca rancia y a fritangas y a gases de cloaca… ¡Qué es! ¡Qué es! ¡Qué es! Se ve. Se siente. El pueblo está presente.

Pero volvámonos un momento atrás que se me olvidaron al bajar del taxi dos muertos: un mimo y un defensor de los pobres. Abajito del atrio, en las afueras de la catedral, estaba el mimo arremedando, imitando en la forma de caminar a cuanto transeúnte desprevenido pasara, pero siempre y cuando fuera alguien indefenso y decente, jamás a un malhechor de la canalla por miedo a una puñalada. Y la gentuza del corrillo riéndose, a las carcajadas, celebrándole la burla. ¡Qué gracia la que les hacía este émulo de Marcel Marceau, este prodigio! Si usted camina, él camina. Si usted se para, él se para. Si usted se suena, él se suena. Si usted mira, él mira. La genialidad, pues. Cuando nos bajamos del taxi estaba remedando a un pobre señor honorable, uno de esos seres antediluvianos, desamparados, que aún quedan en Medellín para recordarnos lo que fuimos y lo que ya no somos más y la magnitud del desastre. Al darse cuenta de lo que pasaba y que era el hazmerreír del corrillo, el señor se detuvo avergonzado sin saber qué hacer. Y el mimo detenido sin saber qué hacer. Entonces el ángel disparó. El mimo se tambaleó un instante antes de caer, de desplomarse con su máscara inexpresiva pintarrajeada de blanco: chorreando desde su puta frente la bala le tiñó de rojo el blanco de su puta cara. Cuando cayó el muñeco, uno de los del corrillo en voz baja, que creyó anónima, comentó:

—Eh, qué desgracia, aquí ya no dejan ni trabajar a los pobres.

Fue lo último que comentó porque lo oyó el ángel, y de un tiro en la boca lo calló. Per aeternitatis aeternitatem. El terror se apoderó de todos. Cobarde, reverente, el corrillo bajó los ojos para no ver al Ángel Exterminador porque bien sentían y entendían que verlo era condena de muerte porque lo quedaban conociendo. Alexis y yo seguimos por entre la calle estática.

Ay qué memoria la mía, me quedó faltando un cascado más, al final del parque. Acabando nosotros de cruzarlo, cuando todavía no se sabía en este extremo lo que pasó en el otro, estaba un grupo de Hare Krishnas danzando al son de sus panderetas, trayéndonos su mensaje de paz y amor del Oriente (de ese amor que jamás sintió Cristo el tremebundo), y de respeto a todo lo vivo, empezando por los animales y acabando por el prójimo. Pues que se había metido a bailar con ellos, con un desprecio irrespetuoso, inmenso, una de estas roñas zafias que abundan en Medellín y que creen que la única verdad es la suya, la católica cerrazón del puñal y del basuco. Fue este granuja burlón el cascado del final del parque. Y ya sí seguimos sin mayor tropiezo, a tropezones por entre la turbamulta.

Quinientos años me he tardado en entender a Lutero, y que no hay roña más grande sobre esta tierra que la religión católica. Los curitas salesianos me enseñaron que Lutero era el Diablo. ¡Esbirros de Juan Bosco, calumniadores! El Diablo es el gran zángano de Roma y ustedes, lambeculos, sus secuaces, su incensario. Por eso he vuelto a esta iglesia del Sufragio donde sin mi permiso me bautizaron, a renegar. De suerte que aunque siga siendo yo yo ya no tenga nombre. Nada, nada, nada. El bautisterio ya no estaba, con un muro de cemento lo habían tapado. Era que todo lo mío, hasta eso, se acabó. Un poco más, un poco más y viviría para ver exterminada de esta tierra la plaga de esta roña.

Desde las terrazas de mi apartamento, con el cielo arriba y Medellín en torno, empezamos a contar (a descontar) las estrellas.

—Si es verdad que cada hombre tiene una estrella —le decía a Alexis—, ¿cuántas has apagado? Al paso a que vas vas a callar el firmamento.

Para hacer un cascado se necesita una simple bala más un revólver, y mucha, mucha, mucha voluntad.

Hay un sitio en las inmediaciones de la Avenida San Juan que se llama «Mierda Caliente»: un atracadero, un matadero. Con ésos siguió el ángel. Yo le decía que no, que mejor burócratas de la Alpujarra o monseñor obispo, el cardenal López T. antes de que se nos escapara a Roma impune con las joyas que se robó, pero estando como estábamos en nuestro apartamento, ese sitio nos quedaba más a la mano. En la noche borracha de chicharras bajó el Ángel Exterminador, y a seis que bebían en una cantinucha que se prolongaba con sus mesas sobre la acera, de un tiro para cada uno en la frente les apagó la borrachera, la «rasca». ¿Y esta vez por qué? ¿Por qué razón? Por la simplísima razón de andar existiendo. ¿Les parece poquito? No, si esta vida no es cualquier canto de pajaritos, yo siempre he dicho y aquí repito, y que el crimen no es apagarla, es encenderla: hacer que resulte, donde no lo había, el dolor. Cuando volvíamos de hacer nuestra cotidiana obra de caridad bajaba por San Juan un borrachito prendido gritando:

—¡Vivan las putas! ¡Vivan los marihuaneros! ¡Vivan los maricas! ¡Abajo la religión católica!

Le dimos mi niño y yo un billetico para que pudiera seguir tomando.

Hubo aquí un padrecito loco, desquiciado, al que le dio dizque por hacerles casita a los pobres con el dinero de los ricos. Con su programa de televisión «El minuto de Dios», que pasaba noche a noche a las siete, se convirtió en el mendigo número uno de Colombia. Su cuento era que «los ricos son los administradores de los bienes de Dios». ¿Habrase visto mayor disparate? Dios no existe y el que no existe no tiene bienes. Además el que ayuda a la pobreza la perpetúa. Porque ¿cuál es la ley de este mundo sino que de una pareja de pobres nazcan cinco o diez? La pobreza se autogenera multiplicada por dichas cifras y después, cuando agarra fuerza, se propaga como un incendio en progresión geométrica. Mi fórmula para acabar con ella no es hacerles casa a los que la padecen y se empeñan en no ser ricos: es cianurarles de una vez por todas el agua y listo; sufren un ratico pero dejan de sufrir años. Lo demás es alcahuetería de la paridera. El pobre es el culo de nunca parar y la vagina insaciable. El mal que le hizo ese padrecito a Colombia no tiene nombre. Visto el éxito del programa, montó un banquete anual, el «del millón», a millón la entrada y de cena caldo Maggi. Hasta que logró, claro, lo que las sectas protestantes gringas llaman «la fatiga de los donantes». No le volvimos a dar. Entonces se acordó de los nuevos ricos de Colombia, los narcotraficantes explotadores de bombas, y se les puso a su servicio para ayudarles a tramar sus tretas. Para él no había dinero malo o bueno, sucio o lavado. Todo le servía para sus pobres y que pudieran seguir en la paridera. Él fue el que arregló la entrada del gran capo a la catedral. Poco después murió y le hicieron tamaño entierro. Fue el éxito de este curita pedigüeño haberse dejado llevar por su instinto, su espíritu limosnero, con el cual coincidía con lo más natural y consubstancial de este país damnificado y mendicante, su vocación de pedir, que viene de lejos: cuando yo nací ya Colombia había perdido la vergüenza.

Pero dejemos que este curita descanse en paz y pasemos a palabras mayores, al cardenal López T., el que se quería despachar Alexis. Muy delicadito él, de modales finos y adamados, perfumados, se empeñó en hacer negocios con el narcotráfico, el único que tenía aquí dinero contante y sonante. Cartas quedan de este cardenal al gran capo ofreciéndole en venta terrenos de la Curia. ¿Y no le importaban al cardenal —preguntará usted— los incontables muertos de las bombas, de las muchas que mandó estallar el gran capo, todos ellos gentecitas humildes y buenas, del «pueblo»? Sí, tanto como a mí. Un muerto pobre es un pobre muerto, y cien son cien. No lo critico por eso. Lo que no le perdono, lo que me está quitando el sueño y más que el café, es que se haya ido a Roma con las joyas que se robó y su afeminamiento. Un cardenal afeminado no es un príncipe de la Iglesia, es un travesti, y su sotana una bata: así la siente. Bueno, lo último que quería hacer aquí esta eminencia nuestra pontificable antes de que se tuviera que escapar a Roma, era venderle al narcotráfico los predios de la Universidad Pontificia Bolivariana, que no era suya pero que valen una millonada, para comprárselos en joyas. Más joyas para él. Yo me lo imaginaba poniéndoselas ante un espejo de cristal de roca renacentista para irse luego a divisar, todo enjoyado, a la ciudad santa desde Villa Borghese. A ver volar palomas sobre las cúpulas, y entre esas palomas el Espíritu Santo. ¡Él allá disfrutando de semejante espectáculo, y yo aquí viendo volar gallinazos sobre los botaderos de cadáveres! No podía dormir de la indignación, no podía conciliar el sueño, no podía pegar un ojo. Desde un punto de vista estrictamente religioso, para acabar con este espinoso tema, yo prefiero a un cardenal cínico perfumado un cardenal humilde maloliente, que huela a rayos, que huela a diablos.

No sé por qué pero López, con perdón de ustedes si así se llaman, me suena a ratero cínico. Es que aquí hay tantos... López M., López C., López T. Etcétera, etcétera, etcétera. A veces los unos son los hijos de los otros pero no siempre porque también en ocasiones, por guardar el celibato, hay López que se van a Roma a casarse con el primer guardia suizo que encuentran. López me sugiere un zorro o una comadreja que se escapa por entre los matorrales con su presa, la gallina que se robó. No es culpa mía, es cuestión de semántica. Qué culpa tengo yo si los apellidos me sugieren cosas... ¡Zorros voraces! Después, impunes, todos despatarrados, se van los López a banquetiarse la gallina y a rascarse las pelotas. Ya ni se ríen: todo tesoro público que les entra a sus bolsillos sin fondo se les hace cosa natural.

El próximo muerto de Alexis fue un vivo en el cementerio. En el Cementerio de San Pedro donde yacen descansando todas las notabilidades de Antioquia menos yo. El vivo muerto era el joven guardián de una tumba, y la tumba un mausoleodiscoteca con casetera sonando a todas horas para entretener en su vacío eterno, esencial, a una temible familia de sicarios allí enterrada, cuyos miembros fueron cayendo, uno por uno, uno tras otro «sacrificados», según rezaban sus lápidas pero sin decir por qué causa, por la blanca causa de la coca. Encerrada entre rejas para que no se la robaran en un descuido de su guardián (por ejemplo cuando iba al baño), la casetera tocaba día y noche sin parar vallenatos, la música predilecta de los difuntos cuando pasaron por aquí abajo todos ventiados. Al pasar frente a esa tumba mi niño y yo meditando (meditando sobre los sinsabores de esta vida terrena y las incertidumbres humanas comparadas con lo seguro de la eternidad), el guardián de la tumba, un muchacho, una belleza, se disgustó porque sin querer miramos.

—¡Qué! —dijo todo malgeniado—. ¿Se les perdió algo?

Y luego, en voz baja, como rumiando, con uno de esos odios suavecitos que me producen por lo intensos una especie de excitación sexual nerviosa que me recorre el espinazo musitó:

—Malparidos...

¡Qué hermosa voz! Creen los tanatólogos que ellos son los dueños y señores de la muerte porque tienen empleo con el gobierno en sus «consejerías para la paz», mientras que este su servidor no tiene «destino». ¡Jua! La muerte es mía, pendejos, es mi amor que me acompaña a todas partes. El ángel levantó el revólver a la altura de la frente del otro y disparó. El trueno del disparo se fue culebriando por entre esos recovecos y socavones llenos de tumbas llenas de eternidad y de gusanos, y se quedó resonando por un rato con una voracidad de infinito. El eco del eco del eco... Muchísimo antes de que el eco se extinguiera el guardián de la tumba se desplomó. Luego el eco murió en sus armónicos. El Ángel Exterminador se había convertido en el Ángel del Silencio. Cuando nos alejábamos, la casetera se encendió sola y rompió a tocar importuna un vallenato, «La gota fría», que es el que les canté arriba.

Pero aquí la vida crapulosa está derrotando a la muerte y surgen niños de todas partes, de cualquier hueco o vagina como las ratas de las alcantarillas cuando están muy atestadas y ya no caben. En las afueras del cementerio, cuando salíamos y Alexis recargaba su juguete, dos de esos inocentes recién paridos, como de ocho o diez años, se estaban dando trompadas de lo lindo azuzados por un corrillo de adultos y otros niños, bajo el calor embrutecido del sol del trópico. Dale que dale, con sus caritas encendidas por la rabia, sudorosas, sudando ese odio que aquí se estila y que no tiene sobre la vasta tierra parangón. Como la única forma de acabar con un incendio es apagándolo, de seis tiros el ángel lo apagó. Seis cayeron, uno por cada tiro; seis que eran los que tenía el tambor del tote: cuatro de los espectadores y mánagers, y los dos promisorios púgiles. Cada quien con su marquita en la frente escurriendo unos chorritos rojos como de anilina, unos hilitos de lo más pictóricos. Mi señora Muerte con su sangre fría les había bajado el calor y ganado, por lo menos, este round. Y vamos para el siguiente a ver qué pasa. Suena la campana.

Pasando de prisa El Difunto nos advirtió que venían los de la moto. Y venían, en efecto, y en contravía los muy cabrones, violando las más elementales y sagradas leyes de Colombia, las del tránsito, que te impiden ir contra la corriente y te mandan seguir la flecha, la del chocolate Luker que las patrocina, en cada esquina, para eso están. ¿Es que no la vieron, desgraciados? Sí la vieron pero no las balas con que mi niño Alexis los recibió, éstas sí en la dirección correcta, «in the right direction» como dijo arriba en inglés nuestro primer mandatario el políglota, tan atinadamente, y como marcaba la flecha de ese chocolate infalible que se tomaba de a pastillita por taza pero que ay, ay, ay, ya no se toma más. Perdimos la costumbre del chocolate y la de las musas y la de la misa, y nos quedamos más vacíos que el tambor de hojalata que el enano sidoso no volverá a tocar. Todo lo tumbaron, todos se murieron, de lo que fue mío ya nada queda. Les evitaría el final de los de la moto por evidente, pero no, que sufran: se chocaron contra un carro que venía a toda «in the right direction», y acabaron en el techo del susodicho. De ahí, del techo, de la capota, los tuvo que bajar el agente de la Fiscalía que vino a realizar el levantamiento de los cadáveres. ¿Se imaginan un «levantamiento» bajando? Así andamos de mal.

Nada funciona aquí. Ni la ley del talión ni la ley de Cristo. La primera, porque el Estado no la aplica ni la deja aplicar: ni raja ni presta el hacha como mi difunta mamá. La segunda, porque es intrínsecamente perversa. Cristo es el gran introductor de la impunidad y el desorden de este mundo. Cuando tú vuelves en Colombia la otra mejilla, de un segundo trancazo te acaban de desprender la retina. Y una vez que no ves, te cascan de una puñalada en el corazón. En nuestro Hospital San Vicente de Paúl, en la sala de urgencias que llaman «la policlínica», siempre atestada, un pabellón de guerra en nuestra paz, son expertos en coser corazones: con cualquier hilo corriente de atar tamales los cosen y tan bien que vuelven a latir y a suspirar y a sentir el odio. Como aquí el que vive se venga, los que te cascaron se meten al hospital y te rematan saliendo de la operación exitosa: de cuatro o cinco o veinte tiros en el coconut a ver si los médicos antioqueños son tan buenos neurocirujanos como cardiólogos. Después van saliendo muy tranquilos, muy campantes, guardando el tote, a fumarse un «varillo» o a meter basuco. Un «varillo» es un simple cigarrillo de marihuana, y el basuco ya lo expliqué.

Curitas salesianos apologéticos, eminentísimos, profundísimos señores: ¿Que mis críticas son superficiales, triviales? Pues para mí, mula que pisa firme y no da traspié porque calcula paso por paso antes de ir a meter la pata, toda religión es insensata. Si uno las considera así, desde el punto de vista del sentido común, de la sensatez, se hace evidente la maldad, o en su defecto la inconsubstancialidad, de Dios, para decirlo con una palabreja escurridiza como un conejo que me saco de la manga de mi toga de prestidigitador escolástico para designar su no existencia. ¡Claro que no existe! Pongo mis cinco sentidos alerta más la antena del televisor a ver si lo capto, pero no, nada, todo borroso. Lo único que existe es lo que veo: un conejo. Y el conejo se va... En cuanto a Cristo, ¡cómo se va a realizar Dios, que es necesario, por los caminos contingentes, concretos, de un hombre! Y rabioso. Me gustaría ver a ése funcionando en Medellín, tratando de sacar a fuete a los mercaderes del centro; no alcanza a llegar vivo a la cruz: se lo despachan antes de una puñalada con todo y fuete. ¿Rabieticas aquí?

Hace dos mil años que pasó por esta tierra el Anticristo y era él mismo: Dios es el Diablo. Los dos son uno, la propuesta y su antítesis. Claro que Dios existe, por todas partes encuentro signos de su maldad. Afuera del Salón Versalles, que es una cafetería, estaba la otra tarde un niño oliendo sacol, que es una pega de zapateros que alucina. Y que de alucinación en alucinación acaba por empegotarte los pulmones hasta que descansas del ajetreo de esta vida y sus sinsabores y no vuelves a respirar más smog. Por eso el sacol es bueno. Cuando vi al niño oliendo el frasquito lo saludé con una sonrisa. Sus ojos, terribles, se fijaron en mis ojos, y vi que me estaba viendo el alma. Claro que Dios existe.

Entre las infamias que comete Dios por mano del hombre quiero citar aquí la de los caballos de Medellín, cargados de materiales de construcción, vendados, arrastrando sus pobres vidas sin ver y las pesadas carretas, bajo el rabioso sol de su rabioso cielo. «Carretilleros» llaman aquí a los que explotan esos caballos, de los que habiendo tanto carro quedan cientos. Íbamos en un taxi mi niño y yo cuando rebasamos a uno que iba al trote, bajo una lluvia de latigazos: frente a los edificios mismos de la Alpujarra, nuestro centro administrativo, el de los burócratas que no sienten porque no ven porque tienen el corazón ciego pero la boca llena mamando del presupuesto.

—¡Los caballos no tienen por qué trabajar, el trabajo lo hizo Dios para el hombre, hijueputa! —le grité al carretillero sacando la cabeza por la ventanilla del taxi.

Al oírse llamar como dije el carretillero miró, y así, al volver la cabeza, le quedó en posición perfecta para Alexis, quien con un tiro en la frente me le remarcó lo dicho y como quien dice le tomó la foto. El carretillero cayó al pavimento y al soltar las riendas el caballo paró. Un carro que venía a toda verraca, ventiado, se detuvo en seco contra el carretillero estripándolo pero no lo mató: no lo mató porque ya estaba muerto. Y perdón por la palabrita que grité arriba pero es castiza: son los mismos «hideputas» que dijo don Quijote aunque elevados a la enésima potencia. De todos modos, con perdón. Es que los animales son el amor de mi vida, son mi prójimo, no tengo otro, y su sufrimiento es mi sufrimiento y no lo puedo resistir.

Por cuanto a nuestro taxista se refiere, siguió el mismo camino del conductor de carretas, en caída libre rumbo a la eternidad como quien baja sin frenos por la pendiente de Robledo. Le aplicamos su marquita frontal visto que nos quedó conociendo. Son los riesgos de su oficio, y de oír cuando no hay que oír y de ver cuando no hay que ver en una ciudad tan violenta. Taxistas inocentes, por lo demás, no los conozco.

Alexis y yo diferíamos en que yo tenía pasado y él no; coincidíamos en nuestro mísero presente sin futuro: en ese sucederse de las horas y los días vacíos de intención, llenos de muertos. Cuando Alexis llegó a los cien definitivamente perdí la cuenta. Ya una vez me había pasado, en mi remota juventud, cuando por el cincuenta y tantos de mis amores los números se me enredaron y no volví a contar. Mas para darles una somera idea de sus hazañas digamos que se despachó a muchos menos que el bandolero liberal Jacinto Cruz Usma «Sangrenegra», que mató a quinientos, pero a bastantes más que el bandolero conservador Efraín González, que mató a cien. Para hablar en cifras redondas, pongámoslo en doscientos cincuenta, que es un punto intermedio. En cuanto al gran capo que tanto ruido hizo y tanto dio de que hablar, ése más de mil, pero por interpósita persona, por manos de sicarios, que no cuentan. ¿O es que usted cuenta como amores los que tan sólo ve, por ejemplo a través de un hueco? Ése es el pecado lamentable del voyerismo.

Hombre vea, yo le digo, vivir en Medellín es ir uno rebotando por esta vida muerto. Yo no inventé esta realidad, es ella la que me está inventando a mí. Y así vamos por sus calles los muertos vivos hablando de robos, de atracos, de otros muertos, fantasmas a la deriva arrastrando nuestras precarias existencias, nuestras inútiles vidas, sumidos en el desastre. Puedo establecer, con precisión, en qué momento me convertí en un muerto vivo. Fue un anochecer, bajo las lluvias de noviembre, yendo con Alexis a lo largo de una avenida del barrio Belén por cuyo centro corría una quebrada descubierta, uno de esos arroyos de Medellín otrora cristalinos y hoy convertidos en alcantarillas que es en lo que acaban todos, arrastrando en sus pobres aguas la porquería de la porquería humana. De súbito presencié la escena: un perro moribundo había ido a caer al arroyo. Hubiera querido seguir y no ver, no saber, pero el perro con una llamada muda, angustiada, ineludible me llamaba arrastrándome hacia su muerte. Resbalando, bajo el aguacero, bajé con Alexis al caño: era uno de esos perros criollos callejeros, corrientes, que en Bogotá llaman «gozques» y en Medellín no sé como, o sí, perros «chandosos». Cuando traté con Alexis de levantarlo para sacarlo del agua descubrí que el perro tenía las caderas quebradas, de suerte que aunque lo sacáramos no había esperanzas de salvarlo. Un carro lo había atropellado y el animal, arrastrándose, había logrado llegar a la quebrada pero se había quedado atrapado en sus aguas al intentar cruzarla. ¿Cómo iba a poder salir de allí herido, destrozado, si se nos dificultaba a nosotros sanos? Los bordes de cemento que encauzaban el arroyo le impedían salir. ¿Cuánto llevaba allí? Días tal vez, con sus noches, bajo las lluvias, a juzgar por su deterioro extremo. ¿Habría tratado de volver acaso, herido, a su casa? ¿Pero es que tendría casa? Sólo Dios sabrá, él que es culpable de estas infamias: Él, con mayúscula, con la mayúscula que se suele usar para el Ser más monstruoso y cobarde, que mata y atropella por mano ajena, por la mano del hombre, su juguete, su sicario.

—No va a poder volver a caminar —le dije a Alexis—. Si lo sacamos es para que sufra más. Hay que matarlo.

—¿Cómo?

—Disparándole.

El perro me miraba. La mirada implorante de esos ojos dulces, inocentes, me acompañará mientras viva, hasta el supremo instante en que la Muerte, compasiva, decida borrármela.

—Yo no soy capaz de matarlo —me dijo Alexis.

—Tienes que ser —le dije.

—No soy —repitió.

Entonces le saqué el revólver del cinto, puse el cañón contra el pecho del perro y jalé el gatillo. La detonación sonó sorda, amortiguada por el cuerpo del animal, cuya almita limpia y pura se fue elevando, elevando rumbo al cielo de los perros que es al que no entraré yo porque soy parte de la porquería humana. Dios no existe y si existe es la gran gonorrea. Y mientras el aguacero arreciaba enfurecido y se iba cerrando la noche entendí que la felicidad para mí sería en adelante un imposible, si es que acaso alguna vez antaño, en mi ayer remoto, fue una realidad, escurridiza, fugitiva.

—Sigue tú matando solo —le dije a Alexis—, que yo ya no quiero vivir.

Y me llevé el revólver al corazón. Entonces, otra vez, como meses atrás en mi apartamento, Alexis desvió el tiro, que fue a salpicar el agua. En el forcejeo acabamos de caer al caño hundiéndonos por completo en la mierda, de mierda como ya estábamos hasta el alma. Creo recordar que Alexis también lloraba, conmigo, sobre el cuerpo del animalito. Al día siguiente, en la tarde, en la Avenida La Playa, lo mataron.

Íbamos por la Avenida La Playa entre el gentío (por la calle lateral izquierda para mayor precisión, e izquierda mirando hacia el Pan de Azúcar) cuando de frente, zumbando, atronadora, se vino sobre nosotros la moto: pasó rozándonos.

—¡Cuidado! ¡Fernando! —alcanzó a gritarme Alexis en el momento en que los de la moto disparaban.

Fue lo último que dijo, mi nombre, que nunca antes había pronunciado. Después se desbarrancó por el derrumbadero eterno, sin fondo. Jirones de frases y colores siguieron, rasgados, barridos en el instante fugitivo. Alcancé a ver al muchacho de atrás de la moto, el «parrillero», cuando disparó: le vi los ojos fulgurantes, y colgando sobre el pecho, por la camisa entreabierta, el escapulario carmelita.

Y nada más. La moto, culebriando, se perdió entre el gentío y mi niño se desplomó: dejó el horror de la vida para entrar en el horror de la muerte. Fue un solo tiro certero, en el corazón. Creemos que existimos pero no, somos un espejismo de la nada, un sueño de basuco.

Cuando mi niño cayó en la acera me seguía mirando desde su abismo insondable con los ojos abiertos. Traté de cerrárselos pero los párpados se le volvían a abrir, como los de ese muñeco lejano que otro día, en otro sitio, en virtud de otro muerto también recordé. Ojos verdes, incomparables los de mi niño, de un verde milagroso que no igualarán jamás ni siquiera las más puras esmeraldas de Colombia, esas que se llaman «gota de aceite». Pero los muertos muertos somos y en esencia todos iguales, de ojos negros, cafés o azules, y el corrillo empezaba a cercarnos: con sus rumores, sus murmullos, su tumulto, con su infamia. Entonces entendí lo que tenía que hacer: llevármelo, substraerlo de la curiosidad infame pretendiendo que estaba herido antes de que nadie dijera que estaba muerto. Para privarlos del espectáculo del levantamiento del cadáver que es el que nos toca dar a los que morimos en la vía pública, y que tan íntimo gozo les produce a los que creen que siguen vivos porque están de pie arremolinados, con su vileza en torno. Al primero que vi, un basuquero de esos que se han apoderado de la avenida y que duermen en sus bancas, le pedí el favor: que me detuviera un taxi y me ayudara a subir a mi niño. Él fue el que me lo detuvo, él fue el que me lo ayudó a subir. Le di unas monedas y el taxi arrancó.

Hay al otro lado de la avenida, por la calle lateral de enfrente, una clínica privada de rateros, lo cual es un pleonasmo que me sabrán disculpar los señores académicos que me leen habida cuenta de mi desesperación y de la prisa. Es la Clínica Soma, la primera en su género que hubo en Medellín y que fundaron tiempos ha, en mi matusalénica niñez, un grupo de médicos especialistas, de delincuentes, que se juntaron para explotar más a conciencia la candidez y desesperación del prójimo y verles más a fondo, hasta el fondo, como Dios manda, con rayos X, los bolsillos de sus clientes, perdón, pacientes. «A estos hijos de puta les voy a dejar el cadáver», se me ocurrió con esa lucidez de relámpago que infaltablemente me ilumina en los momentos culminantes de mis desastres, y le indiqué al taxista que dando un rodeo, el que fuera, y cobrando lo que quisiera, me llevara allí, a la acera opuesta.

—Aquí les traigo a este muchacho que acaban de herir en la calle —les dije en la recepción.

Al darse cuenta de la real situación, que ellos no eran funeraria para poderle sacar partido a un cadáver, fue tal la desesperación que les acometió que la mía se hizo chiquita, y en medio del alboroto me mandaron adonde el director, a que muy humanamente me aconsejara el caritativo señor que me llevara a mi niño a la policlínica, la del gobierno, donde me lo podían atender gratis porque allí sí tenían los recursos para un caso tan grave y urgente.

—Pues si eso es lo que se necesita y procede, apreciadísimo señor doctor —le contesté—, yo no lo llevo: lo lleva usted.

Y me di media vuelta y fui saliendo tirándole en las narices la puerta. En sus sucias narices por las que el asqueroso se suena.

Y qué más da que nos muramos de viejos en la cama o antes de los veinte años acuchillados o tiroteados en la calle. ¿No es igual? ¿No sigue al último instante de la vida el mismo derrumbadero de la muerte? Me lo iba diciendo para tratar de no pensar, pensando por entre el gentío que tenía que encontrar una iglesia. Las de San Ignacio y San José, las más cercanas, por las leyes de Murphy iban a estar cerradas. Quedaba la Candelaria, que siempre estaba abierta, y hacia la Candelaria me dirigí, a pedirle a Dios que se acordara de mí y me mandara la muerte. Mientras le rogaba al Señor Caído entre el chisporroteo de sus veladoras, me acordé de que le había dejado a Alexis el revólver en la cintura. No se lo había sacado. Era mi horrorizada aversión a las armas de fuego, que me impide pensar que existen. ¡Claro, se lo había dejado y ahora les quedaba a los delincuentes de la clínica! Que les aprovechara, que con ese mismo los mataran... Dejé la iglesia y salí a la calle y todo seguía igual, el mismo sol, el mismo ruido, la misma gente, sin que pesaran sobre nadie en concreto los negros nubarrones del porvenir. Y cuando pasé por el parque alzaron, como siempre, su precavido vuelo las palomas.

Alejándome segundo a segundo del instante atroz de la muerte de Alexis y paso a paso por el centro, volví a dar a esa avenida funesta del barrio Belén con su quebrada, en los confines del día. Más empantanado mi destino que un sumario, huyendo del dolor volvía a él. De súbito, sin anunciarse como había llegado esa tarde la Muerte, cayó la noche. Desemboqué en un cruce de avenidas. Hileras de luces de carros avanzaban con lentitud por las vías atestadas, como gusanos luminosos, luciérnagas terrestres que se arrastraran resignadamente por los atascaderos de esta vida. Eran los infinitos carros comprados con dineros del narcotráfico que en los últimos años embotellaban la ciudad. Dejé el lento río de las luces y me adentré en la oscuridad. Oí unos tiros. La noche de alma negra, delincuente, tomaba posesión de Medellín, mi Medellín, capital del odio, corazón de los vastos reinos de Satanás. Algún carro desperdigado me alumbraba por un instante la calle, iluminando con sus faros hasta cuatro palmos el porvenir.

En los días que siguieron mi nombre dicho por Alexis en su último instante me empezó a pesar como una lápida. ¿Por qué si durante los siete meses que anduvimos juntos pudo evitarlo tenía que pronunciarlo entonces? ¿Era la revelación inesperada de su amor cuando ya no tenía objeto? Si así fuera, con ese nombre que apenas si reconozco yo que no me atrevo a mirarme en el espejo, Alexis me estaba jalando a su abismo. Mi nombre en boca suya en el instante irremediable me seguía repercutiendo en el alma. No se me borraba, como dicen que no se les pueden borrar a los sicarios los ojos de sus víctimas. ¿Y cómo lo supieron? Nadie sabe lo de nadie.

Podríamos decir, para simplificar las cosas, que bajo un solo nombre Medellín son dos ciudades: la de abajo, intemporal, en el valle; y la de arriba en las montañas, rodeándola. Es el abrazo de Judas. Esas barriadas circundantes levantadas sobre las laderas de las montañas son las comunas, la chispa y leña que mantienen encendido el fogón del matadero. La ciudad de abajo nunca sube a la ciudad de arriba pero lo contrario sí: los de arriba bajan, a vagar, a robar, a atracar, a matar. Quiero decir, bajan los que quedan vivos, porque a la mayoría allá arriba, allá mismo, tan cerquita de las nubes y del cielo, antes de que alcancen a bajar en su propio matadero los matan. Tales muertos aunque pobres, por supuesto, para el cielo no se irán así les quede más a la mano: se irán barranca abajo en caída libre para el infierno, para el otro, el que sigue al de esta vida. Ni en Sodoma ni en Gomorra ni en Medellín ni en Colombia hay inocentes; aquí todo el que existe es culpable, y si se reproduce más. Los pobres producen más pobres y la miseria más miseria, y mientras más miseria más asesinos, y mientras más asesinos más muertos. Ésta es la ley de Medellín, que regirá en adelante para el planeta Tierra. Tomen nota.

Existe en las comunas una guerra casada desde hace años, de barrio con barrio, de cuadra con cuadra, de banda con banda. Es la guerra total, la de todos contra todos con que soñó Adamov, el dramaturgo, mi amigo, que ya murió y pobre y viejo, pero en París. Todos en las comunas están sentenciados a muerte. ¿Que quién los sentenció, la ley? Pregunta tonta: en Colombia hay leyes pero no hay ley. Se sentenciaron unos a otros, solitos, y a sus parientes y amigos y a cuantos se les arrimen. El que se arrime a un sentenciado es hombre muerto, cae con él. Demográficamente hablando, así nos vamos controlando aquí. En mi Colombia querida la muerte se nos volvió una enfermedad contagiosa. Y tanto, que en las comunas sólo quedan niños, huérfanos. Incluyendo a sus papás, todos los jóvenes ya se mataron. ¿Y los viejos? Viejos los cerros y Dios. Cuánto hace que se murieron los viejos, que se mataron de jóvenes, unos con otros a machete, sin alcanzarle a ver tampoco la cara cuartiada a la vejez. A machete, con los que trajeron del campo cuando llegaron huyendo dizque de «la violencia» y fundaron estas comunas sobre terrenos ajenos, robándoselos, como barrios piratas o de invasión. De «la violencia»… ¡Mentira! La violencia eran ellos. Ellos la trajeron, con los machetes. De lo que venían huyendo era de sí mismos. Porque a ver, dígame usted que es sabio, ¿para qué quiere uno un machete en la ciudad si no es para cortar cabezas? No hay plaga mayor sobre el planeta que el campesino colombiano, no hay alimaña más dañina, más mala. Parir y pedir, matar y morir, tal su miserable sino.

Los hijos de estos hijos de mala madre cambiaron los machetes por trabucos y changones, armas de fuego hechizas, caseras, que los nietos a su vez, modernizándose, cambiaron por revólveres que el Ejército y la Policía les venden para que con el aguardiente que fabrican las Rentas Departamentales se emborrachen y se les salgan todos los demonios y con esos mismos revólveres se maten. Con el dinero que le producen las dichas rentas, el aguardiente, el Estado paga los maestros para que les enseñen a los niños que no hay que tomar ni matar. Y no me pregunten por qué este contrasentido. Yo no sé, yo no hice este mundo, cuando aterricé ya estaba hecho. Es que la vida es así, cosa grave, parcero. Por eso vuelvo y repito: no hay que andar imponiéndola. Que el que nazca nazca solo, por su propia cuenta y riesgo y generación espontánea. Apuntalado en una precaria legitimidad electorera, presidido por un bobo marica, fabricador de armas y destilador de aguardiente, forjador de constituciones impunes, lavador de dólares, aprovechador de la coca, atracador de impuestos, el Estado en Colombia es el primer delincuente. Y no hay forma de acabarlo. Es un cáncer que nos va royendo, matando de a poquito.

Sí señor, Medellín son dos en uno: desde arriba nos ven y desde abajo los vemos, sobre todo en las noches claras cuando brillan más las luces y nos convertimos en focos. Yo propongo que se siga llamando Medellín a la ciudad de abajo, y que se deje su alias para la de arriba: Medallo. Dos nombres puesto que somos dos, o uno pero con el alma partida. ¿Y qué hace Medellín por Medallo? Nada, canchas de fútbol en terraplenes elevados, excavados en la montaña, con muy bonita vista (nosotros), panorámica, para que jueguen fútbol todo el día y se acuesten cansados y ya no piensen en matar ni en la cópula. A ver si zumba así un poquito menos sobre el valle del avispero.

A fuerza de tan feas las comunas son hasta hermosas. Casas y casas y casas de dos pisos a medio terminar, con el segundo piso siempre en veremos, amontonadas, apeñuscadas, de las que salen niños y niños como brota el agua de la roca por la varita de Moisés. De súbito, sobre las risas infantiles cantan las ráfagas de una metralleta. Ta-ta-ta-ta-tá... Son las prima donnas, las mini-Uzis con que soñaba Alexis cosiendo el aire con sus balas, cantando el aria de la locura. Se guindaron a candela los de arriba con los de abajo, los del lado con los de al lado, los unos con los otros. ¡Qué mano de changonazos, Dios mío, qué lluvia de balines como rociada de agua bendita! Y van cayendo los muñecos mientras sopla sobre Santo Domingo Savio y la mañana caliente su ráfaga fría y refrescante la Muerte. Santo Domingo Savio es un barrio que de santo no tiene más que el nombre: es un verdadero asesino. Después vienen los inspectores a recoger los cadáveres y luego nada, como si nada, a seguir los vivos viviendo hasta la próxima balacera que nos sacuda el aburrimiento.

Además de los enemigos que les dejaron sus difuntos padres, hermanos y amigos, cada quien en las comunas se consigue por su propia cuenta los propios para heredárselos a su vez, todos sumados, a sus hijos, hermanos y amigos cuando lo maten. Es la herencia de la sangre, el río desbordado. Las comunas sólo se pueden entender desenredando la trama enmarañada de estos odios. Cosa imposible e inútil. Yo no le veo a este asunto más solución ni remedio que cortar como hizo Alejandro, de un tajo, el nudo gordiano, e instaurar el fusiladero: una tapia larga, larga, encalada de blanco, que anuncie en letras grandes y negras la Urosalina, ese remedio milagroso de mi niñez que se deletreaba así, en el radio, a toda carrera: U-ere-o-ese-a-ele-i-ene-a. ¡Urosalina! Y que vayan cayendo los fumigados, y aterrizando sobre ellos los gallinazos.

¿Que cómo sé tanto de las comunas sin haber subido? Hombre, muy fácil, como saben los teólogos de Dios sin haberlo visto. Y los pescadores del mar por las marejadas que les manda, enfurecido, hasta la playa. Además sí subí, una tarde, en un taxi, que me cobró una fortuna porque dizque vida no hay sino una y que él tenía cinco hijos. Arriba me dejó, en Santo Domingo Savio o Villa del Socorro o El Popular o El Granizal o La Esperanza, en uno de esos mataderos, solo con mi suerte. Hasta allá subí a buscar a la mamá de Alexis y de paso a su asesino. Vi al subir los «graneros», esas tienduchas donde venden yucas y plátanos, enrejados ¿para que no les fueran a robar la miseria? Vi las canchas de fútbol voladas sobre los rodaderos. Vi el laberinto de las calles y las empinadas escaleras. Y abajo la otra ciudad, en el valle, rumorosa… En una callejuela de muy arriba en la montaña encontré la casa. Llamé. Me abrió ella, con un niño en los brazos. Y me hizo pasar. Otros dos niños de pocos años se arrastraban, semidesnudos, por esta vida y el piso de tierra. Pensé en una humilde mujer de mi niñez, una sirvienta de mi casa, que me la recordaba. Evidentemente aquella lejana mujer, que por la edad podía haber sido mi madre, no era la que tenía enfrente, que podía ser mi hija. Además, ¡cuánto no haría que esa sirvienta de mi casa se murió! ¿Sería que por sobre el abismo del tiempo se repetían las personas, los destinos? Lo que fuera. Ni en esta pobre mujer ni en ninguno de sus niños reconocí un solo rasgo de Alexis, nada pero nada nada de su esplendor. Los milagros son así, burleteros. Hablamos muy poco. Me contó que su actual esposo, el padre de estos niños, la había abandonado; y que al otro, el padre de Alexis, también lo habían matado. En cuanto al muchacho que mató a Alexis, era de los lados de Santa Cruz y La Francia y le decían La Laguna Azul. No se asombren de que ella que no lo vio supiera más que yo del asesino, yo que lo vi disparando. En las comunas todo se sabe. Tenga por seguro que si a usted lo matan en el parque de Bolívar (y no lo quiera mi Dios), no bien esté acabando de caer allá kilómetros abajo, aquí kilómetros arriba ya lo están celebrando. O llorando. Sentí una inmensa compasión por ella, por sus niños, por los perros abandonados, por mí, por cuantos seguimos capotiando los atropellos de esta vida. Le di algo de dinero, me despedí y salí. Cuando emprendía la bajada, sin decir agua va ni mediar provocación ninguna (¿porque quién alborota esta furia?) se soltó el aguacero.

Quiero explicarle por si no lo sabe, por si no es de aquí, que cuando a Medellín le da por llover es como cuando le da por matar: sin términos medios, con todas las de la ley y a conciencia. Es que aquí no se puede dejar vivo al muerto porque entonces a uno lo quedan conociendo y después el muerto es uno, cosa grave para uno en particular pero alivio para los demás en general. Por eso los que caen a la «policlínica», el pabellón de urgencias del Hospital San Vicente de Paúl, nuestro hospital de guerra, es a que les cosan el corazón. El cielo que nos mira desde arriba vive tan enojado como los cristianos de abajo, y cuando se suelta este loco a llover es a llover, con una demencia desbordada. Arroyos torrentosos empezaron a saltar por las escaleras de cemento como cabras locas desbalagadas y a confluir en ríos por las desbarrancadas calles. Me hice a un lado para que el río-tromba que bajaba atronando, atrabancado, atropellando, pasara y no me llevara. Íbamos para el mismo lado, para abajo, pero yo sin tanta prisa. Y mientras el loco frenético de arriba se despanzurraba de la ira, nadie en las desiertas calles de las comunas. Ni un alma, ni un asesino. Y ni un alero tampoco para guarecerme en tantas casas miserables, mezquinas, construidas con el egoísmo del sálvese quien pueda. Añoré mi viejo barrio de Boston donde nací, de nobles casas con alero para que cuando lloviera nos escampáramos los parroquianos que íbamos a misa.

¿Se les hace impropio un viejo matando a un muchacho? Claro que sí, por supuesto. Todo en la vejez es impropio: matar, reírse, el sexo, y sobre todo seguir viviendo. Salvo morirse, todo en la vejez es impropio. La vejez es indigna, indecente, repulsiva, infame, asquerosa, y los viejos no tienen más derecho que el de la muerte. En la laguna azul sombría me estaba hundiendo. Era azul de nombre pero de aguas verdes, traicioneras. Su alma pantanosa enredada en mohos y en algas pegajosas me jalaba hacia el fondo. Las algas soltaban un veneno verde que era el que le daba su color falaz a la laguna azul. ¿Y quién dijo que yo lo iba a matar? Para eso están aquí los sicarios, para que sirvan, como las putas, y los contraten los que les puedan pagar. Ellos son los cobradores de las deudas incobrables, de sangre o no. Y valen menos que un plomero. Es la última ventaja que nos queda en este cuadro de desastres. Mientras en las comunas seguía lloviendo y sus calles, ríos de sangre, seguían bajando con sus aguas de diluvio a teñir de rojo el resumidero de todos nuestros males, la laguna azul, en mi desierto apartamento sin muebles y sin alma, solo, me estaba muriendo, rogándoles a los de la policlínica que le cosieran, como pudieran, aunque fuera con hilo corriente, a mi pobre Colombia el corazón. Luego entraba adonde el director a pedirle que mandara cerrar las puertas del hospital porque por todas partes venían a rematarla asesinos contratados, sicarios. Después me iba con Alexis rumbo al centro. A lo lejos, sobre el mar de bruma alucinada que cubría el centro, flotaba la alta cúpula de la iglesia de San Antonio. Hacia allá nos dirigíamos pero rasgando para poder seguir, para poder pasar, las densas capas de bruma. Entrábamos a la iglesia y resulta que era un cementerio. Tumbas y tumbas y tumbas mohosas. Y yo solo, muriéndome, sin un alma buena que me trajera un café ni un novelista de tercera persona que atestiguara, que anotara, con papel y pluma de tinta indeleble para la posteridad delirante lo que dije o no dije. Una mañana me despertó el sol, que entraba por las terrazas y los balcones a raudales, llamándome. Y una vez más, obediente, obsecuente, le hice caso a su llamado y me dejé engañar. Me levanté, me bañé, me afeité y salí a la calle. Camino al parque del barrio de La América por la Avenida San Juan, en una cafetería que tenía el radio prendido me tomé un café. ¿Cuántos meses habrían pasado, cuántos años? Semanas si acaso porque seguía el mismo presidente, la misma lora gárrula leyendo con su vocecita inarmónica los mismos discursos zalameros, embusteros, que le hicieron. Repitiéndose, como si se hubiera detenido el tiempo. Cuando paró de retransmitirse el pajarraco deslenguado, el radio, reconfortante como un café caliente, oficioso y mañanero, pasó a darnos las noticias de la noche que acababa y las cifras de los muertos. Que anoche no habían sido sino tantos... La vida seguía pues.

«Tened fe y veréis qué cosa son los milagros», dijo san Juan Bosco y en efecto, la iglesia de La América estaba abierta. Entré, y en el primer altar, el del Señor Caído, arrodillándome, le pedí al Todopoderoso que puesto que no me mandaba la muerte me devolviera a Alexis. A Él, que todo lo sabe, lo ve, lo puede. Desde el altar mayor presidiendo la iglesia, de negro, aureolada por los destellos de su pequeño resplandor dorado, la Virgen Dolorosa me miraba. La iglesia estaba desierta. Más vacía que la vida de un sicario que quema los billetes que le sobran en el fogón.

De mala sangre, de mala raza, de mala índole, de mala ley, no hay mezcla más mala que la del español con el indio y el negro: producen saltapatrases o sea changos, simios, monos, micos con cola para que con ella se vuelvan a subir al árbol. Pero no, aquí siguen caminando en sus dos patas por las calles, atestando el centro. Españoles cerriles, indios ladinos, negros agoreros: júntelos en el crisol de la cópula a ver qué explosión no le producen con todo y la bendición del papa. Sale una gentuza tramposa, ventajosa, perezosa, envidiosa, mentirosa, asquerosa, traicionera y ladrona, asesina y pirómana. Ésa es la obra de España la promiscua, eso lo que nos dejó cuando se largó con el oro. Y un alma clerical y tinterilla, oficinesca, fanática del incienso y el papel sellado. Alzados, independizados, traidores al rey, después a todos estos malnacidos les dio por querer ser presidente. Les arde el culo por sentarse en el solio de Bolívar a mandar, a robar. Por eso cuando tumban los sicarios a uno de esos candidatos de un avión o una tarima a mí me tintinea de dicha el corazón.

Yendo por la carrera Palacé entre los saltapatrases, los simios bípedos, pensando en Alexis, llorando por él, me tropecé con un muchacho. Nos saludamos creyendo que nos conocíamos. ¿Pero de dónde? ¿Del apartamento de los relojes? No. ¿De la televisión? Tampoco. Ni él ni yo habíamos salido nunca en la televisión, o sea que prácticamente ni existíamos. Le pregunté que para dónde iba y me contestó que para ninguna parte. Como yo tampoco, bien podíamos seguir juntos sin interferirnos. Tomando hacia ninguna parte por la calle Maracaibo desembocamos en Junín. Al pasar por el Salón Versalles recordé que llevaba días sin comer y le pregunté al muchacho si había almorzado. Me contestó que sí, que antier. Entonces invité a almorzar al faquir. Mientras almorzábamos los dos faquires le pregunté su nombre: ¿Se llamaba Tayson Alexander acaso, para variar? Que no. ¿Y Yeison? Tampoco. ¿Y Wílfer? Tampoco. ¿Y Wílmar? Se rió. ¿Que cómo lo había adivinado? Pero no lo había adivinado, simplemente eran los nombres en boga de los que tenían su edad y aún seguían vivos. Le pedí que anotara, en una servilleta de papel, lo que esperaba de esta vida. Con su letra arrevesada y mi bolígrafo escribió: que quería unos tenis marca Reebok y unos jeans Paco Rabanne. Camisas Ocean Pacific y ropa interior Calvin Klein. Una moto Honda, un jeep Mazda, un equipo de sonido láser y una nevera para la mamá: uno de esos refrigeradores enormes marca Whirlpool que soltaban chorros de cubitos de hielo abriéndoles simplemente una llave… Caritativamente le expliqué que la ropa más le quitaba que le ponía a su belleza. Que la moto le daba status de sicario y el jeep de narcotraficante o mafioso, gentuza inmunda. Y el equipo de sonido ¿para qué? ¡Para qué más ruido afuera con el que llevábamos adentro! ¡Y para qué una nevera si no iban a tener qué meter en ella? ¿Aire? ¿Un cadáver? Que se tomara su sopita y se olvidara de ilusos sueños… Se rió y me dijo que anotara a mi vez, por el reverso de la servilleta, lo que yo esperaba de esta vida. Iba a escribir «nada» pero se me fue escribiendo su nombre. Cuando lo leyó se rió y alzó los hombros, gesto que prometía todo y nada. Le pregunté si se le ponía tilde a «Wílmar» y me contestó que daba igual, que como yo quisiera.

—Entonces digamos que sí.

Dejando el Salón Versalles que de Versalles no tiene un aplique, un carajo, tomando por Junín abajo rumbo a ninguna parte se soltó a llover. Estábamos frente a la iglesia de San Antonio, que no conocía. ¿O sí? ¿No la había visto pues en sueños con Alexis vuelta un cementerio en brumas? Le dije a Alexis, perdón, a Wílmar que entráramos. La iglesia tiene dos entradas: una por la fachada de la cúpula, otra por la de las torres. Por la de la cúpula entramos. Subiendo por la escalinata del pórtico, bajo unas bóvedas góticas, antes de entrar uno a la iglesia ve a la derecha una inmensa cripta de osarios. Susurros de almas en pena rasgaban las brumas del tiempo eterno. ¡Claro, ése era el cementerio de mi delirio! Pasamos a la iglesia y miré hacia arriba, y por primera vez vi desde adentro la alta cúpula que había visto desde afuera mi vida entera dominando el centro de Medellín. A todo se le llegaba pues su día, su muerte. Los engranajes del destino girando inexorables me habían traído, con el engaño de la lluvia, a la iglesia de San Antonio de Padua, la de los locos. Y no lo digo por mí que sé dónde estoy parado, lo digo por ellos, sus dueños, los mendigos locos que duermen afuera bajo ese puente cercano que es un cruce de vías elevadas y que vienen al amanecer, cuando arrecia el frío, a la primera misa y a pedirle a Dios, por el amor que le tenga a san Antonio, un poquito de calor, de compasión, de basuco. Adentro un Cristo pendía de la alta cúpula, suspendido en el aire sobre las miserias humanas y los avatares del tiempo. Como escapados de una pintura medieval, unos frailes franciscanos cruzaron furtivamente por la iglesia y la realidad delirante. Cuando Wílmar y yo salimos, por el pórtico de las torres, pensé que íbamos a hundirnos en un mar de bruma pero no, el día estaba claro, recién bañado por la lluvia. «Domus Dei Porta Coeli» leí bajo el reloj detenido, en la fachada de las torres. Bajé los ojos y vi la casa cural, contigua a la iglesia: una vieja casona del Medellín de antes, de dos plantas, con alero. Con un alero caritativo para las lluvias de ayer, de hoy y siempre.

De muchacho mi superstición me decía que el día que entrara a la iglesia de San Antonio ése iba a ser el último mío. ¡Qué va! Aquí sigo vivo. De haberme muerto además mi superstición no habría podido reprocharme: «Te lo advertí, te lo dije». Los muertos no ven ni oyen ni entienden, y les importa un carajo lo que les advirtieron o no.

—¡Cómo! —exclamó Wílmar al conocer mi apartamento—. ¡Aquí no hay televisión ni un equipo de sonido!

¿Cómo podía vivir yo sin música? Le expliqué que me estaba entrenando para el silencio de la tumba.

—¿Y el teléfono? ¿Desconectado?

—Ajá, y el agua y la luz también, tampoco por lo general funcionan. Cuando más las necesito se van.

Eran las leyes de Murphy, niño, las más seguras, que estipulaban que: que lo único seguro de esta vida son cada mes sin faltar las cuentas de la luz, el agua y el teléfono. Entonces, arrodillado en el piso, con un cuchillo de la cocina a falta de destornillador, Wílmar lo reconectó. No bien lo reconectó y sonó el maldito. Me precipité sobre el aparato monstruoso, alarmado de que alguien me pudiera llamar. ¿Quién? Nadie, un idiota equivocado preguntando si aquí compraban higuerillo. Le contesté que sí. Y él: ¿Que a cómo lo estaba pagando? Y yo: ¿Que a cómo lo estaba vendiendo? Que a tanto el bulto. Le ofrecí la mitad. Y yo subiendo de a poquito y él de a poquito bajando nos encontramos en el camino y le compré veinte bultos. ¿Que adónde me los mandaba? Pues a mi depósito, adonde me estaba hablando, en la Central de Abastos; que preguntara por fulanito de tal. Y le di el nombre del ministro de Hacienda. Me prometió que a primera hora, sin faltar, me llevaba los veinte bultos en un camión contratado. Colgó y colgué. Wílmar, que no entendía, me preguntó que para qué era el higuerillo. Le contesté que para hacer aceite. Se quedó convencido de que yo tenía una fábrica de aceite de higuerillo.

Vuelvo y repito: no hay que contar plata delante del pobre. Por eso no les pienso contar lo que esa noche antes de dormirnos pasó. Básteles saber dos cosas: que su desnuda belleza se realzaba por el escapulario de la Virgen que le colgaba del pecho. Y que al desvestirse se le cayó un revólver.

—¿Y ese revólver para qué? —le pregunté yo de ingenuo.

Que para lo que se ofreciera. Pues sí, pregunta tonta la mía, un revólver es para lo que se pueda ofrecer. Y abrazado a mi ángel de la guarda me dormí, no sin que antes de que me desconectara el sueño me entrara el futurismo, el fatalismo y me diera por pensar en los titulares amarillistas del día de mañana: «Gramático ilustre asesinado por su ángel de la guarda», en letras rojas enormes, que se salían de la primera plana. Luego, recapacitando, me dije que los dos periódicos de Medellín eran serios, no como los pasquines sensacionalistas de Bogotá. La página roja, incluso, la habían reducido en los últimos tiempos a una columnita. ¿Sería que hablar en Medellín de asesinados era como decir en época de lluvias «¡Aguaceros torrenciales!» o en verano «Nos estamos asando del calor»? ¿Dar como noticia lo obvio? No, era que todavía nos quedaba un poquito de dignidad, de decencia. Y tuve fe en el futuro, en el ajeno, porque el mío, como bien lo sabía desde muchacho, se acababa ahí, el día que conocí la iglesia de San Antonio. Y con esta nota de desolado optimismo me dormí.

Amaneció martes y yo vivo y él abrazado a mí y radiante la mañana.

—¿Qué día es? —me preguntó abriendo los ojos el ángel.

—Martes —le contesté.

De él fue entonces la idea de que fuéramos a Sabaneta adonde María Auxiliadora.

—¿A qué vas? —le pregunté—. ¿A dar gracias, o a pedir?

Que a ambas cosas. Los pobres son así: agradecen para poder seguir pidiendo.

Encontré a Sabaneta más bien fría de fieles, desangelada. La plaza desahogada, sin congestionamientos de buses ni atropellamientos de peregrinos. Y los puestos de estampitas y reliquias de María Auxiliadora sin un cliente. ¿Qué pasó? ¿Sería que esta raza novelera desertó también de la

Virgen? ¿Por el fútbol? ¿Y que ya no creía más que en los milagros de sus propias patas? Entramos a la iglesia: semidesierta, con unos cuantos viejos y viejas de poca monta y ni un sicario. ¡Carajo, también esto se acabó, como todo! Y me arrodillé ante la Virgen y le dije:

—Virgencita mía, María Auxiliadora que te he querido desde mi infancia: cuando estos hijos de puta te abandonen y te den la espalda y no vuelvan más, cuenta conmigo, aquí me tienes. Mientras viva volveré.

¿De qué le estaría dando gracias Alexis, perdón, Wílmar a la Virgen? ¿Qué le estaría pidiendo? ¿Ropas, bienes, antojos, mini-Uzis? Decidí hacerlo feliz ese día y darle en nombre de ella lo que quisiera.

Salimos de Sabaneta por la vieja carretera de mi infancia caminando, y caminando, caminando, conversando como en mis felices tiempos, Wílmar me preguntó que por qué si tenía una fábrica tenía que andar a pie como pobre, sin carro. Le expliqué que para mí el mayor insulto era que me robaran, y que por eso no tenía carro: que prefería mil veces seguir andando a vivir cuidándolo. En cuanto a la fábrica, ¿de dónde sacó tan peregrina idea? ¿Darles yo trabajo a los pobres? ¡Jamás! Que se lo diera la madre que los parió. El obrero es un explotador de sus patrones, un abusivo, la clase ociosa, haragana. Que uno haga la fuerza es lo que quieren, que importe máquinas, que pague impuestos, que apague incendios mientras ellos, los explotados, se rascan las pelotas o se declaran en huelga en tanto salen a vacaciones. Jamás he visto a uno de esos zánganos trabajar; se la pasan el día entero jugando fútbol u oyendo fútbol por el radio, o leyendo en las mañanas las noticias de lo mismo en *El Colombiano*. Ah, y armándome sindicatos. Y cuando llegan a sus casas los malnacidos rendidos, fundidos, extenuados «del trabajo», pues a la cópula: a empanzurrar a sus mujeres de hijos y a sus hijos de lombrices y aire. ¿Yo explotar a los pobres? ¡Con dinamita! Mi fórmula para acabar con la lucha de clases es fumigar esta roña. ¡Obreritos a mí! Pero cuando la cara se me encendía de la ira pasamos por Bombay, la «bomba de gasolina» de mi infancia, que era a la vez cantina, y los recuerdos empezaron a ventiarme suavecito, como una brisa con rocío, refrescante, bienhechora, y me apagaron el incendio de la indignación. ¡La bomba de Bombay, qué maravilla! Era un simple surtidor de gasolina afuera y adentro una cantina, ¡pero qué cantina! Allí en las noches alborotadas de cocuyos y chapolas, a la luz de una Coleman, encendidos por el aguardiente y la pasión política se mataban los conservadores con los liberales a machete por las ideas. Cuáles ideas nunca supe, ¡pero qué maravilla! Y la nostalgia de lo pasado, de lo vivido, de lo soñado me iba suavizando el ceño. Y por sobre las ruinas del Bombay presente, el casco de lo que fue, en una nube desflecada, rompiendo un cielo brumoso, me iba retrocediendo a mi infancia hasta que volvía a ser niño y a salir el sol, y me veía abajo por esa carretera una tarde, corriendo con mis hermanos. Y felices, inconscientes, despilfarrando el chorro de nuestras vidas pasábamos frente a Bombay persiguiendo un globo. Con su aguja gruesa una vitrola en la cantina tocaba un disco rayado: «Un amor que se me fue, otro amor que me olvidó, por el mundo yo voy penando. Amorcito quién te arrullará, pobrecito que perdió su nido, sin hallar abrigo muy solito va. Caminar y caminar, ya comienza a oscurecer y la tarde se va ocultando...». Y los ojos se me encharcaban de lágrimas mientras dejando atrás a Bombay, para siempre, volvía a sonar a tumbos, en mi corazón rayado, ese «Senderito de amor» que oí de niño en esa cantina por primera vez esa tarde. Y qué hace sin embargo que volvía con Alexis por esta misma carretera, agotándose instante por instante en la desesperanza nuestro imposible amor… Wílmar no lo podía entender, no lo podía creer. Que alguien llorara porque el tiempo pasa… «¡Al diablo con la bomba de Bombay y los recuerdos! —me dije secándome las lágrimas—. ¡Nada de nostalgias! Que venga lo que venga, lo que sea, aunque sea el matadero del presente. ¡Todo menos volver atrás!». Unas cuadras después pasamos frente a Santa Anita, la finca de mi infancia, de mis abuelos, de la que no quedaba nada. Nada pero nada nada: ni la casa ni la barranca donde se alzaba. Habían cortado a pico la barranca y construido en el hueco una dizque urbanización milagro: casitas y casitas y casitas para los hijueputas pobres, para que parieran más.

De regreso a Medellín le compré a Wílmar los famosos tenis y la dotación completa de símbolos sexuales: jeans, camisas, camisetas, cachuchas, calcetines, trusas y hasta suéteres y chaquetas para los fríos glaciales del trópico. De pantalón en pantalón, de camisa en camisa, de tienda en tienda recorriéndonos todos los centros comerciales con resignación y constancia (resignación mía y constancia suya) fuimos encontrando poco a poco, exactísimamente, lo que él quería. Los muchachos son tan vanidosos como las mujeres y más insaciables de ropa. Y de un tiempo a esta parte les ha dado por ponerse en el lóbulo de una oreja (pero no sé si en el de la derecha o en el de la izquierda) un arete. Que por qué no me compraba yo algo. Le dije que por cuestión de principios no despilfarraba plata en ropa para mí, que yo ya no tenía remedio. Que con el traje negro que mantenía en un clóset planchado me bastaba para los entierros. Ni me oyó. Iba y venía por los pasillos como enajenado buscando trapos entre trapos. Haga de cuenta usted un gato revolviendo en un cofre mágico y sacando de entre sus sorpresas la felicidad. Mensaje al presidente y al gobierno: el Estado debe concientizarse más y comprarles ropa a los muchachos con el fin de que ya no piensen tanto en procrear ni en matar. Las canchas de fútbol no-bas-tan.

Con la ropa nueva de Wílmar mis tres míseros clósets vacíos quedaron atestados, atiborrados, y mi pobre traje negro relegado, arrinconado, apabullado por tanto color vistoso. De inmediato Wílmar quiso salir al centro a estrenar. Más me valiera no haber salido, no haber nacido porque volvimos a lo de Alexis. Iba un hombre por Junín detrás de mí silbando. Detesto pero detesto que la gente silbe. No lo tolero. Lo considero una afrenta personal, un insulto mayor incluso que un radio prendido en un taxi. ¿Que el hombre inmundo silbe usurpando el sagrado lenguaje de los pájaros? ¡Jamás! Yo soy un protector de los derechos de los animales. Y así se lo comenté a Wílmar, disminuyendo el paso para que el hombre nos pasara y se fuera. ¡Quién me mandó a abrir la boca! Adelantándosele a su vez al asqueroso, Wílmar sacó el revólver y le propinó un frutazo en el corazón. El hombre-cerdo con vocación de pájaro se desplomó dando su último silbo, desinflándose, en tanto Wílmar se perdía por entre el gentío. Como al difuntico al caer se le abrió la camisa, se le despanzurró la barriga; y así pude ver que llevaba bajo el cinturón un revólver. ¡Jua! Le iba a servir en la otra vida para matar cuanto sus puercos pies para caminar. Los muertos no matan ni caminan: caen en caída libre rumbo a los infiernos como una piedra roma. Con la conciencia tranquila del que va a misa seguí mi camino, pero empecé a sospechar que lo conocía. ¿De dónde? ¿Quién podía ser? Y que se me enciende el foco. ¡Era el que había visto atracando en San Juan meses antes, el que mató al muchacho por robarle el carro! Bendito seas Satanás que a falta de Dios, que no se ocupa, viniste a enderezar los entuertos de este mundo. Me devolví a constatar la identidad del caído, pero me fue imposible llegar: el cerco de curiosos, festivo, jubiloso, se había acabado de cerrar, y no había arrimadero ni para un inspector de policía que viniera a levantar un cadáver. Cuadras adelante me encontré con Wílmar y estaba radiante, jubiloso, riéndose de felicidad, de dicha. Con una dicha que le chispeaba en sus ojos verdes. Mi niño era el enviado de Satanás que había venido a poner orden en este mundo con el que Dios no puede. A Dios, como al doctor Frankenstein su monstruo, el hombre se le fue de las manos.

Aquí no hay inocentes, todos son culpables. Que la ignorancia, que la miseria, que hay que tratar de entender… Nada hay que entender. Si todo tiene explicación, todo tiene justificación y así acabamos alcahuetiando el delito. ¿Y los derechos humanos? ¡Qué derechos humanos ni qué carajos! Ésas son alcahueterías, libertinaje, celestinaje. A ver, razonemos: si aquí abajo no hay culpables, ¿entonces qué, los delitos se cometieron solos? Como los delitos no se cometen solos y aquí abajo no hay culpables, entonces el culpable será el de Allá Arriba, el Irresponsable que les dio el libre albedrío a estos criminales. ¿Pero a Ése quién me lo castiga? ¿Me lo castiga usted? Mire parcero, a mí no me vengan con cuentos que yo ya no quiero entender. Con todo lo que he vivido, visto, «a la final» como bien dice usted, se me ha acabado dañando el corazón. ¡Derechitos humanos a mí! Juicio sumario y al fusiladero y del fusiladero al pudridero. El Estado está para reprimir y dar bala. Lo demás son demagogias, democracias. No más libertad de hablar, de pensar, de obrar, de ir de un lado a otro atestando buses, ¡carajo!

Íbamos en uno de esos buses atestados en el calor infernal del mediodía y oyendo vallenatos a todo taco. Y como si fueran poco el calor y el radio, una señora con dos niños en pleno libertinaje: uno, de teta, en su más enfurecido berrinche, cagado sensu stricto de la ira. Y el hermanito brincando, manotiando, jodiendo. ¿Y la mamá? Ella en la luna, como si nada, poniendo cara de Mona Lisa la delincuente, la desgraciada, convencida de que la maternidad es sagrada, en vez de aterrizar a meter en cintura a sus dos engendros. ¿No se les hace demasiada desconsideración para con el resto de los pasajeros, una verdadera falta de caridad cristiana? ¿Por qué berrea el bebé, señora? ¿Por estar vivo? Yo también lo estoy y me tengo que aguantar. Pero hasta cierto punto, porque si bien es cierto que en esta vida abusan del inocente, también es cierto que siempre habrá una gota que llenó la taza. Y con la taza llena hasta el tope, rebosada hasta el rebose, he aquí que en Wílmar encarna el Rey Herodes. Y que saca el Santo Rey el tote y truena tres veces. ¡Tas! ¡Tas! ¡Tas! Una para la mamá, y dos para sus dos redrojos. Una pepita para la mamá en su corazón de madre, y dos para sus angelitos en sus corazoncitos tiernos. Si hace dos mil años se le escapó a Egipto el impostor éstos no, ya el Santo Rey estaba curado de engaños.

—¡Y no se muevan, hijueputas, ni vayan a mirar porque los mato!

La frase era la misma, exactísima, que había oído tiempo atrás en un asalto, de suerte que nadie tuvo que decirla esta vez en el bus, se fue diciendo sola por el aire. Como el chofer se tardó unos segundos más de la cuenta en abrirnos la puerta, cuando la acabó de abrir, también, piró: difuntico. ¡Y quedaban dos chumbimbas en el tote para el que no le gustó la cosa! El radio, sin dueño, siguió cantando por él, en su memoria, los vallenatos, que aquí se están volviendo ritmo de muertos.

Esta sociedad permisiva y alcahueta les ha hecho creer a los niños que son los reyes de este mundo y que nacieron con todos los derechos. Inmenso error. No hay más rey que el rey ya dicho y nadie nace con derechos. El pleno derecho a existir sólo lo pueden tener los viejos. Los niños tienen que probar primero que lo merecen: sobreviviendo.

Cuentan que poco antes de mi regreso a Medellín pasó por esta ciudad destornillada un loco que iba inyectando en los buses cianuro a cuanta perra humana embarazada encontraba y a sus retoños. ¿Un loco? ¿Llamáis «loco» a un santo? ¡Desventurados! Dejádmelo conocer para darle más de lo dicho y un diploma al mérito que lo acredite como miembro activo de la Orden del Santo Rey. Ah, y una buena provisión de jeringas desechables, no se le vayan a infectar sus pacientes.

¿Y la policía? ¿No hay policía en el país de los hechos? Claro que la hay: son «la poli», «los tombos», «la tomba», «la ley», «los polochos», «los verdes hijueputas». Son los invisibles, los que cuando los necesitas no se ven, más transparentes que un vaso. Pero el día en que se corporicen, que les rebote la luz en sus cuerpos verdes, ay parcero, a correr que te van a atracar, a cascar, a mandar para el otro toldo. Un japonesito que vino a industrializar a Colombia murió así, sin poderlo creer.

Otro muerto en un bus: un mendigo alzado. Uno de esos basuqueros soliviantados por Amnistía Internacional, la Iglesia católica y el comunismo más los Derechos Humanos, que se la pasan el día entero fumando basuco y pidiendo, exigiendo, con un garrote en la mano:

—Deme tanto, jefe, que hoy no he desayunado. Tengo hambre.

—Que te la quite tu madre que te parió —les contesto yo—. O el cura papa que es tan buen defensor de la pobrería y la proliferación de la roña humana.

¡Mendiguitos a mí, caridad cristiana! Odiando al rico pero eso sí, empeñados en seguir de pobres y pariendo más... ¡Por qué no especuláis en la bolsa, faltos de imaginación, desventurados! O montáis una corporación financiera y os vais a Suiza a depositar y a la Riviera a gastar. ¡O qué! ¿Creéis que el mundo se acabó en Medellín y que todo es sancocho? Bobitos, el mundo sigue y sigue, se va redondiando, dando la vuelta hacia las antípodas hasta que llegas, por la parte de abajo de la naranja, en jet propio o primera clase a la Côte d'Azur, donde hay salmón, caviar, pâté de foie, y putas de a quinientos dólares que no habéis olido en vuestras míseras vidas. Bueno, sin más preámbulos se subió uno de estos asquerosos al bus con su garrote y se pronunció tamaño discurso de cuatro cuadras para informarnos que: que como él era tan buen cristiano y no tenía trabajo, que prefería pedir a andar robando o matando. Y arrancó de puesto en puesto blandiendo su garrote perentorio, recogiendo su cuota. Para que acabara como dijo, como buen cristiano, cuando llegó a nosotros Wílmar desenfundó su rayo de las tinieblas y le aplicó de limosna su pepita de eternidad en el corazón, no se le fuera éste a dañar el día menos pensado y le diera por robarnos y matarnos... Y curado de basucos y miserias, manu militari, nemine discrepante, minima de malis, entró el pobre, el pobre pobre en el reino del silencio donde reina la más elocuente, la que no habla, ni en español ni en latín ni en nada, la Parca. Basuqueros, buseros, mendigos, policías, ladrones, médicos y abogados, evangélicos y católicos, niños y niñas, hombres y mujeres, públicas y privadas, de todo probó el Ángel, todos fueron cayendo fulminados por la su mano bendita, por la su espada de fuego. Con decirles que hasta curas, que son especie en extinción. Se quería seguir con el presidente...

—Muchachito atolondrado, niño tonto, ¿no ves que este zángano está más protegido que ni que fuera la reina de las abejas? Déjalo que salga.

Pobres de este mundo, por Dios, por la Virgen, por caridad cristiana, abrid los ojos, razonad: si se cruzan una pareja de enanos ¿qué pasa? Que tienen el cincuenta por ciento de probabilidades, fifty-fifty, de que sus hijos les salgan como ellos, midiendo uno veinte. ¡Uno de cada dos hijos les nacerá con el gen de la acondroplasia, enano! Pues una cosa sí os digo, desventurados: que el gen de la pobreza es peor, más penetrante: nueve mil novecientos noventa y nueve de diez mil se lo transmiten, indefectiblemente, a su prole. ¿Estáis de acuerdo en heredarles semejante mal a vuestros propios hijos? Por razones genéticas el pobre no tiene derecho a reproducirse. ¡Ricos del mundo, uníos! Más. O la avalancha de la pobrería os va a tapar.

D'iái, del bus, nos seguimos pal barrio de Boston a que conociera Wílmar la casa donde nací. La casa estaba igual y el barrio igual, tal como los había dejado hacía tantísimos años, como si una mano milagrosa los hubiera preservado, bajo campana de cristal, de los estragos de Cronos. Sólo que lo que no cambia está muerto...

—Mira niño, en esta casa, en este cuarto de esta ventana que da a la calle, una noche despejada, estrellada, promisoria, mentirosa, nací yo.

Y ahí mismo me quiero morir para redondiar el epitafio, que en mayúsculas latinas ha de decir así, en aposición a mi nombre y a este lado de la puerta: «Vir clarisimus, grammaticus conspicuus, philologus illustrisimus, quoque pius, placatus, politus, plagosus, fraternus, placidus, unum et idem e pluribus unum, summum jus, hic natus atque mortuus est. Anno Domini tal...». Y ahí ponen el año de instalación de la placa, no los de mi nacimiento y muerte porque soy partidario de no meter a la eternidad en cintura entre fechas, como en camisa de fuerza. No. Déjenla que fluya sola, que ella sola se irá pasando sin darse cuenta. Calle del

Perú, barrio de Boston, ciudad de Medellín, departamento de Antioquia, República de Colombia, planeta Tierra, Sistema Solar, Vía Láctea y todas las galaxias, en la casa donde nací contra mi voluntad pero donde me pienso morir por mano propia.

Después llevé a Wílmar a conocer la iglesia salesiana del Sufragio donde me bautizaron, y salvo el bautisterio todo estaba igual, sin cambios. El bautisterio, no sé por qué, lo habían eliminado, sellado con un muro de cemento ciego. Mejor. Cuando uno se arrimaba ahí soplaba un chiflón de eternidad, un como vientecito frío, siniestro. Luego le fui explicando a Wílmar, que era un ignorante en religión, los pasajes del Viejo y del Nuevo Testamento que estaban escenificados en el techo. Y bajando la mirada:

—¿Ves ese santo que se sonríe ahí, con sonrisita de falsía atroz? Ése es Juan Bosco, corruptor de menores. Yo me le conozco su trayectoria.

Y le conté cómo instalaron la estatua actual en reemplazo de la vieja, que se descabezó cuando volvíamos de una procesión en carroza. La historia sólo yo la sé y nadie más en este mundo. Regresábamos a la iglesia del Sufragio, nuestro punto de partida, manejando el cabrón chofer a toda verraca nuestra carroza cuando ¡pum!, que se enreda en un cable de la luz la estatua, se suelta de su base, y pasando por sobre mi cabeza rozándome, a punto de matarme, va a dar en vuelo libre contra el pavimento de la calle a romperse la suya. Quedó el santo hecho un lamento, un Nazareno, desastillado, descabezado, como para sacarlo del santoral (porque santo que no es capaz de protegerse a sí mismo ¡qué nos va a proteger a nosotros!). Esa mañana habíamos desfilado por el centro de Medellín en la procesión del Corpus Christi. Lentamente, pausadamente, a vuelta solemne de rueda, había avanzado nuestra carroza por entre la multitud admirada, incrédula, que se negaba a creer lo que veían sus ojos, que se pudiera dar tanta majestad concentrada en este mundo. En nuestro cuadro pío, inmóvil aunque semoviente, que se deslizaba etéreo por entre las nubes, como navegando sobre un mar de cabezas humanas, yo hacía de misionero salesiano. ¿Me imaginan ustedes a mí, de ocho años, mintiendo así? Cuánto tiempo no ha pasado y aún no olvido esa mañana en que el delincuente de Juan Bosco me quiso matar. Reconozco, eso sí, que el santo que se descabezó, con todo y lo ñato que era, se veía menos mal que el que entronizaron en su lugar, en su altar, con perfiladita nariz aguileña, griega, y sonrisita marica, falsa, pérfida. Y mientras salía con Wílmar de la iglesia, por asociación de narices se me vino a la memoria ese detective criminal que andaba por Junín persiguiendo maricas y que le decían El Ñato. ¡Cuánto hace que se murió, que lo mataron, también! En el cruce de Maracaibo con la que es hoy Avenida Oriental, disparándole desde una moto...

—Mira Wílmar, fíjate ahora que lleguemos a la estatua, que tiene en el pedestal, entre los leones, el mármol rajado.

Y efectivamente, el mármol del pedestal de la estatua de Córdoba del parque de Boston seguía rajado donde indiqué, desde hacía años y para toda la eternidad. Y es que mármol quebrado no se junta, como no se puede reinstalar en su cáscara un huevo frito.

—Ese mármol, de una pedrada, yo lo quebré.

Y no había tampoco vidrio de casa que resistiera una andanada nuestra de piedras y de maldad. La niñez es como la pobreza, dañina, mala. Entonces, cuando estábamos en estos razonamientos profundos, que se nos aparece ¿saben quién? ¡El Difunto!

—Difuntico, ¿tú por aquí? ¡Qué milagro! ¡Y fuera de tus dominios, en mi barrio de Boston! Yo te hacía ya muerto.

Que no, que andaba de vacaciones en La Costa. Que el que sí se murió, esta mañana, fue El Ñato.

—¿Cuál Ñato?

—Pues el tira de Junín, que detestaba a los maricas.

Que en el cruce de Maracaibo con la Avenida Oriental, desde una moto unos sicarios lo quebraron.

—¡No puede ser! —exclamé asombrado—. Al Ñato sí lo mataron, y ahí, en ese mismo punto del espacio, pero hace treinta años, cuando ni siquiera habían abierto la Avenida Oriental, que era una calle estrecha. Más aún: él fue uno de los con que inauguraron esta modalidad de disparar desde una moto. Fue el pionero.

Que no, que ése sería otro, que el que él decía lo acababan de matar donde dijo, esta mañana. Que fuera al entierro a ver si no era cierto. Y me dio la dirección de la casa donde lo iban a velar. Le dije que pensaba ir por la tarde, pero que aparte de eso ¿qué más? ¿No irían a venir enseguida también, por nosotros, los de la moto? Que no, que por hoy no me preocupara. Me despedí de El Difunto reconfortado por sus palabras aunque a la vez inquieto por la perspectiva insidiosa de que al Ñato, y en general al ser humano (pues a juzgar por su maldad sin duda era eso), lo pudieran matar dos veces. ¿Podía eso ser? Por la preocupación se me olvidó preguntarle al Difunto por sus vacaciones en La Costa. ¿Vacaciones de qué?

Irreconocible, espléndido como a veces me gusta aparecer, salí esa tarde con Wílmar de mi apartamento como el rey Felipe, todo de negro hasta los pies vestido. Wílmar no daba crédito a sus ojos. Nunca estuvo más orgulloso de este su servidor con que andaba. ¿Los mendigos? Ni se atrevían a pedir. Se abrían en abanico para darnos paso. ¡Qué tipazo! Con decirles que el taxista cuando nos subimos al taxi apagó instintivamente el radio. ¿Que adónde deseaba ir el señor doctor? Le di la dirección que me dio El Difunto: a la falda tal de Manrique Oriental. «Falda» llaman en esta ciudad insensata a una subida, a una calle en pendiente. ¡Díganme si están o no están de atar! Falda, hasta donde yo entiendo, es la de las mujeres, corta o larga, larga o corta, ¿pero una subida? En fin, que ahí vamos por Manrique que es un barrio cuesta arriba como esta vida, una pared parada, buscando entre sus faldas esa falda. En Manrique (y lo digo por mis lectores japoneses y serbocróatas) es donde se acaba Medellín y donde empiezan las comunas o viceversa. Es como quien dice la puerta del infierno aunque no se sepa si es de entrada o de salida, si el infierno es el que está p'allá o el que está p'acá, subiendo o bajando. Subiendo o bajando, de todos modos la Muerte, mi comadre, anda por esas faldas entregada a su trabajo sin ponerle mala cara a nadie. Es como yo, su ahijado, que carezco de reparos idiomáticos. Todo me gusta.

Llegamos a la casa del Ñato, y puesto que la puerta estaba abierta entramos, sin llamar. El ataúd lo tenían instalado en el corredor para que se pudieran explayar más a gusto los dolientes por el patio. Instalada entre cirios la caja negra, y un Cristo doliente enfrente. Un rumor sordo de rezos nos recibió, con olor a pabilos chamuscados. Eran los cirios quemándose, preludio efímero de la eternidad. Recibían las condolencias las dos hermanas del muerto, unas señoritas ancianas muy dignas, muy respetables, cosa que jamás hubiera sospechado yo en tratándose de quien se murió. Bueno, «se» murió aquí no me gusta, lo quito: lo murieron. Ante el asombro unánime, la expectativa general, me acerqué a darles el pésame. «¿Quién sería ese señor de negro con esa pinta, con ese porte, con esa dignidad?» se preguntaban todos. Yo. Yo era. Y el que dice «yo» habló:

—Somos nada, señoritas, briznas en el huracán, pavesas, un espartillo en las manos del Creador (un «espartillo» es una especie de yerba seca). Que El que Todo lo Puede lo haya acogido en su seno.

Me agradecieron con dignidad sobria, sin aspavientos, sin alharacas. Entonces les pedí, en nombre de la amistad que me había ligado en vida al difunto, y del cariño que por él sentí (mentiras, mentiras, mentiras), que me lo dejaran ver por última vez. Con breve gesto de cabeza asintieron y me acerqué al ataúd. Lo abrí. Y en efecto, era El Ñato, el mismo hijueputa. Las bolsas bajo los ojos, la nariz ñata, el bigotico a lo Hitler... Igualito. Era porque era. Pero si habían pasado treinta años, ¿cómo podía seguir igual? Ahí les dejo, para que lo piensen, el problemita.

Al levantar mi cabeza del muerto y apartarme ligeramente del ataúd, dos loras que había en una percha lo vieron. Y que lo ven y se sueltan:

—¡Hijueputa! —le gritaban—. ¡Malparido! ¡Marica!

Y se la remachaban con sus lenguas gruesas. Y un rosario de insultos, una andanada pero de vulgaridades tales que no las puedo repetir aquí por pudor de idioma. Una de las dos señoritas viejas se acercó entonces a la caja, y discretamente le bajó la tapa. Y santo remedio, dejaron de verlo las loras y el chaparrón de insultos escampó.

Salí de esa casa con Wílmar y la mente confusa. Una de dos: o el que tuve ante mis ojos no era mi Ñato, o la Muerte de ociosa se había puesto a repasar a sus muertos. Pero si no era el Ñato de mi juventud, ¿por qué era idéntico? ¿Y por qué lo mataron igual, y en el mismo sitio y a la misma hora? ¿No sería que la realidad en Medellín se enloqueció y se estaba repitiendo? Ahora bien, si el Ñato que tuve enfrente era mi Ñato, ¿cómo le podían decir «marica» las loras a semejante foboloca? ¿No sería pura inquina de ellas, una calumnia post mortem? No, los animales no mienten ni odian. No conocen el odio ni la mentira, que son inventos exclusivamente humanos, como el radio o la televisión. Y en efecto, nunca se le conoció mujer al difunto. Ni hijos, ni por lo tanto nietos. ¡Pobre Ñato! Haber nacido marica y vivido y muerto sin poder serlo... A pocos les ha ido tan mal en este paseo.

Y ahora viene lo insólito: bajaron por la falda una carroza de funeraria y dos motocicletas dando chumbimba a toda verraca, ametrallando la fachada de la casa del Ñato. ¿Para qué le disparaban si no era una fachada de cartón, si era una fachada de cemento? Las balas no podían pasar rumbo a los deudos del interior... No, es que no era para que pasaran, era por su valor simbólico. Una especie de gesto de afirmación. Y que casi nos cuesta la vida de paso a Wílmar y a mí porque por un pelo no nos llevan, nos arrastran, en su bajada endemoniada el carro fúnebre y sus dos motos. Lo más preocupante de esto es que: que aquí te disparan desde donde menos lo piensas. ¡Hasta desde un carro de funeraria!

¡Ay Manrique, barriecito viejo, barriecito amado! Se puede decir que ni te conocí. Desde abajo, desde mi niñez te veía, tus casitas como de juguete y tu iglesia gótica. Una iglesia alta, gris, espigada, de un gótico alucinante, estirándose sus dos torres puntudas como queriendo alcanzar el cielo. Las nubes negras, cargadas, pasaban, y al pasar se pinchaban en sus pararrayos y se soltaba la lluvia. ¡Qué aguaceros! La lluvia en Medellín se puede decir que prácticamente nace en Manrique. En ese barrio donde hoy empiezan las comunas pero donde en mi niñez terminaba la ciudad pues más allá no había nada —sólo cerros y cerros y mangas y mangas donde a los niños que se desperdigaban se los chupaba El Chupasangre— allá en Manrique tuvo mi abuelo una casa que yo conocí, pero de la que no recuerdo nada. O sí, una sola cosa que se me había borrado de la memoria: su piso de baldosas rojas por las que me ponían a caminar derecho, derechito, siguiendo la línea, la raya que separaba dos hileras de ellas para que después, cuando creciera, continuara igual por el resto de mi vida, recto, derecho, siempre derecho como un hombre de bien y que nunca se torciera mi camino. ¡Ay abuelo, abuela!...

Esa historia del Ñato que he contado fue la última cosa bella que viví con Wílmar. Después el destino se nos vino encima como esa carroza fúnebre y sus dos motos, atropellándonos envenenado.

La noche fue siniestra. Lloviendo el cielo alienado la noche entera sin parar. El río Medellín se desbordó y con él sus ciento ochenta quebradas. Las unas, las subterráneas, que habíamos metido en cintura en atanores bajo las calles entubándolas a costa de tanto sudor y peculado, se abrían iracundas sus camisas de fuerza, rompían el pavimento y frenéticas, maniáticas, lunáticas, se salían como locas descamisadas a arrastrar carros y a hacer estragos. Las otras, sus hermanas libres —arroyos risueños en tiempos de cordura, mansas palomas—, saltaban ahora vueltas trombas rugientes, endemoniadas, de las montañas, a volcarse sobre nosotros, a inundarnos, a ahogarnos, a desvariarme y hacerme subir la fiebre. Y desventrado el cielo, desbordado el río, desquiciadas las quebradas, se empezaron a alborotar las alcantarillas, a rebosarse, a salir a borbotones, y a subir, a subir, a subir hacia mis balcones el inmenso mar de mierda. Conste. Lo advertí. Que íbamos a acabar en eso.

En eso o en lo que fuera, el día amaneció normal, asesino. Ni rastro de la noche borrascosa. Poniendo cara de inocente la luz del día, hipócrita, mentirosa. Fuimos a comprar el refrigerador para la mamá de Wílmar, y me dio por pasar de regreso por el Versalles dizque a comprar pasteles. Esos pastelitos «de gloria» que hacía mi abuela, y que no se comen ni en la misma Viena. Se hacen así: se pone la pasta hojaldrada a inflar la noche anterior al sereno bajo cielo estrellado, y al día siguiente simplemente se mete al horno con relleno de dulce de guayaba. No mucho porque, como decía mi abuela, «el dulce empalaga». Cruzamos el parque, tomamos por Junín y llegamos al Versalles. A la entrada de éste nos tropezamos con La Plaga.

—¡Ay Plaguita, qué alegría verte! —exclamé—. Yo ya te hacía muerto...

Que no, que todavía no, que seguía en la racha de suerte.

—¿Y tu hijito?

Que ya estaba por nacer, que era cosa de días pero que se había tomado nueve meses.

—¿Tanto así? ¡Qué despilfarro! Yo en nueve meses me escribo una ópera...

Wílmar entró a comprar los pasteles y yo me quedé afuera con La Plaga conversando. Entonces me hizo el reproche, que por qué andaba con el que mató a Alexis.

—Por qué dices eso, niño tonto —le contesté—. ¿No ves que yo ando con Wílmar y a Alexis lo mató La Laguna Azul?

—Wílmar es La Laguna Azul —respondió.

Por unos segundos se me detuvo el corazón. Cuando volvió a andar ya sabía que tenía que matarlo. Claro que era, claro que sí, claro que lo conocía, eso lo sentí desde el primer momento en que nos tropezamos por Palacé, allí abajo, cerquita de Maracaibo. ¿Que por qué lo llamaban así, con ese apodo tan absurdo? le pregunté por preguntar, por decir algo, por seguir hablando sin pensar, y me contestó que porque se parecía al muchacho de esa película.

—Ah... —repliqué—. Nunca la vi. Hace años no voy a cine.

Entonces salió el otro con los pasteles y me despedí de La Plaga. Tomamos por Junín rumbo a La Playa, esa avenida donde una tarde como ésta me había matado a mi niño, y de paso a mí. Me ofreció un pastel de la bolsa pero no se lo quise recibir. Sin sospechar él nada iba comiendo pasteles y pasteles que iba sacando de la bolsa.

—¿Tú ya conocías a ése? —le pregunté refiriéndome a La Plaga, a quien habíamos dejado atrás.

—Ajá —contestó con la boca llena.

—¿Porque también es de tu barrio?

—Ajá —volvió a contestar, asintiendo con la cabeza, y siguió comiendo pasteles.

Le dije que tenía que ir a La Candelaria a pedirle al Señor Caído, pero no le dije a pedirle qué. Tenía que ir a esa iglesia a rogarle a Dios que todo lo sabe, que todo lo entiende, que todo lo puede, que me ayudara a matar a este hijueputa.

Le dije que me esperara afuera y entré a la iglesia sin él. Las veladoras del Señor Caído chisporroteaban fervorosas elevando al cielo su plegaria, mi súplica: que me iluminara cómo. Cuando salí de la iglesia ya lo sabía. En el atrio, entre los puestos de lotería y los mendigos él seguía esperándome. Vino hacia mí. Le dije que nos iríamos a dormir esa noche a cualquier motel de las afueras. Me preguntó la razón y le contesté que por supersticiones, que porque sentía que si me quedaba esa noche en mi casa me iban a matar. Como esta impresión la puede tener cualquiera en cualquier momento en cualquier parte de Medellín lo entendió. Le había dado una razón incontrovertible, una que no acepta razones. Cruzamos el parque y al pasar junto a la estatua se alzó un revuelo de palomas que me avivó el recuerdo. Y recordé la tarde en que volví a esta iglesia a rogar por mí y a llorar por él, por mi niño, Alexis, el único. Abanicada su indiferencia por las palomas, ajeno a todo, más allá de las miserias humanas, seguía sobre su pedestal Pedro Justo Berrío, el viejo gobernador que gobernó a Antioquia por el tiempo inconcebible de cuatro años, un récord Guinness. Aquí lo usual es que duren meses; se tumban los unos a los otros en su rapiña, en su voracidad burocrática. Frente al prócer se alzaba en su desmesura idiota el tren elevado, el dizque metro, inacabado, detenido en sus alturas y convertido abajo en guarida de mendigos y ladrones. No lo han podido concluir, tienen años con él detenido: endeudaron a Antioquia para hacerlo y se robaron la plata. Hicieron bien: si no se la hubieran robado ellos se la habrían robado otros. Y al que no le guste la impunidad que no la respire, que siga su camino sin mirar, tapándose las narices. Unos roban y a otros los roban, unos matan y a otros los matan, así es esto. Todo estaba dentro de la más normal normalidad, la vida seguía su curso en Medellín. Algún día acabarán lo inconcluso y cruzará el tren elevado sobre mi ciudad deslizándose por sus aceitados rieles como volando, transportando gente y más gente y más gente. Yo ya no estaré para preguntarles: ¿Adónde van con tanta prisa, ratas humanas? ¿Qué se creen que se volvieron? ¿Pájaros?

Entramos al motel sin registrarnos, como se estila aquí. Aquí no es como en Europa donde se violan a todas horas los derechos humanos y a hotel adonde uno vaya le piden descaradamente identificación presumiendo lo que no se debe, que el ser humano es un criminal. Aquí no, aquí la confianza pública no está tan envenenada. Además aquí los moteles son de putas, y ellas y los que van con ellas no tienen identidad. Así, sin identidad como el hombre invisible cruzamos por la recepción, entramos al cuarto, nos desvestimos, nos acostamos y él se durmió y yo me quedé despierto meditando sobre los atropellos europeos a los derechos humanos y el eterno silencio del papa... El revólver, su revólver, lo había puesto, como siempre, sobre su ropa. Eso él. En cuanto a mí, yo simplemente estiraba, como me aconsejó el santo caído, el brazo, lo tomaba, le ponía sobre su cabeza la almohada y disparaba, y a ver si alcanzaba a oír el tiro su puta madre que lo parió. Después me iría yendo tan tranquilo, con estos mismos pies con los que entré... Y yo inmóvil y él durmiendo y así empezaron a correr las horas y el revólver no venía solo hacia mí volando por el aire ni mi brazo se me alargaba a tomarlo. Entonces descubrí lo que no sabía, que estaba infinitamente cansado, que me importaba un carajo el honor, que me daba lo mismo la impunidad que el castigo, y que la venganza era demasiada carga para mis años.

Cuando empezó a entrar el sol por la ventana entreabrió los ojos y entonces le pregunté:

—¿Por qué mataste a Alexis?

—Porque mató a mi hermano —me contestó, restregándose los ojos, despertando.

—Ah... —comenté como un estúpido.

Nos levantamos, nos bañamos, nos vestimos y salimos. Al yo pagar en la recepción nos ofrecieron un café. Un «tinto», como dicen en este país absurdo.

Mientras esperábamos que pasara un taxi por la autopista le dije que yo iba con Alexis la tarde en que él lo mató. Que sí, que él ya sabía, que desde esa misma tarde me había quedado conociendo.

—¿Entonces desde la primera noche que pasaste conmigo en mi apartamento me habrías podido matar?

Se rió y me dijo que si a alguien él no podía matar en este mundo era a mí. Entonces pensé que él era como yo, de los que dejábamos pasar, que éramos iguales, perdonavidas. Le pregunté por el que manejaba la moto desde la que él le había disparado a Alexis y me contestó que a ése lo habían matado al día siguiente. Le pregunté que quién, que por qué. Me contestó que no se supo, que eso se había quedado en veremos...

De los muertos que cargaba Alexis en su conciencia (si es que tenía) cuando nos conocimos, yo no soy culpable. De los de este niño, los suyos propios, tampoco. Allá ellos con sus muertos que de los que aquí tenemos compartidos ustedes son testigos. Le dije a Wílmar que en mi opinión ya no tenía objeto seguir en Medellín, que esta ciudad no daba para más, que nos fuéramos. ¿Que para dónde? Para donde fuera. El mundo no se acababa aquí, era bien grande. En cuanto a la humanidad, en todas partes sería la misma, la misma mierda, pero distinta. Aceptó. Simplemente tenía que ir antes a su barrio a despedirse de su mamá y a constatar que de veras le hubieran enviado la nevera, y a mi apartamento a sacar su ropa. Le pedí que se olvidara de la ropa y la nevera, que nos fuéramos de inmediato y que se despidiera de su mamá por carta que el correo era tan milagroso que hasta el mismísimo barrio de La Francia llega. Que no era en La Francia, que era en Santa Cruz y que a ninguna de las dos llegaba cartero: de una cuadra a otra los «bajan», los «quiebran». Eso lo entendí muy bien, en los barrios de las comunas la única que tiene paso libre es la Muerte. Nos despedimos. Yo me fui a mi apartamento a esperarlo y él tomó hacia las comunas. La despedida fue para siempre, vivos no nos volvimos a ver. Al amanecer sonó el teléfono: del anfiteatro, que fuera a identificar a alguien que llevaba consigo mi número.

«Anfiteatro» llaman aquí a la morgue, y no hay taxista en Medellín ni cristiano que no sepa dónde está porque aquí los vivos sabemos muy bien adónde tenemos que ir a buscar los muertos. Está saliendo de la ciudad, donde empieza la Autopista Norte, frente a una terminal de buses.

Un gentío se agolpaba afuera contra la valla de alambre de gallinero que cercaba el lote esperando entrar. Yo pasé ante los guardias de la caseta de entrada sin mirar, volviéndome a mi esencia, a lo que soy, el hombre invisible. Seguí a una antesala. Por sobre el llanto de los vivos y el silencio de los muertos, un tecleo obstinado de máquinas de escribir: era Colombia la oficiosa en su frenesí burocrático, su papeleo, su expedienteo, levantando actas de necropsias, de entradas y salidas, solícita, aplicada, diligente, con su alma irredenta de cagatintas. Mis ojos de hombre invisible se posaron sobre las «Observaciones» de una de esas actas de levantamiento de cadáver, que habían dejado sobre un escritorio: «Al parecer fue por robarle los tenis —decía—, pero de los hechos y de los autores nada se conoce». Y pasaba a hablar de heridas de la vena cava y paro cardiorrespiratorio tras el shock hipovolémico causado por la herida de arma cortopunzante. El lenguaje me encantó. La precisión de los términos, la convicción del estilo... Los mejores escritores de Colombia son los jueces y los secretarios de juzgado, y no hay mejor novela que un sumario.

Al que iban dejando entrar de la calle le mostraban un álbum de fotografías en color acabadas de tomar y revelar de los muertos calienticos: primeros planos como de Hollywood, close-ups. Si alguna se parecía al desaparecido vivo, entonces podían pasar por la siguiente puerta, a la siguiente sala, a reconocer al aparecido muerto. El hombre invisible pasó. Era una sala alta, espaciosa, la de necropsias, con unas treinta mesas de disección ocupadas todas por los del último turno. Todas, todas, todas y todos hombres y casi todos eran jóvenes. Es decir, fueron. Ahora eran cadáveres, materia inerte. Desnudos, rajados en canal como reses, les habían extraído las vísceras para analizarlas y no les habían dejado nada de sustancia qué comer a los gusanos. El hombre invisible se enteró de que todos esos corazones, hígados, riñones, pulmones, tripas irían a una fosa común. Lo que aquí dejaban, para reconocimiento y consuelo de los deudos y estímulo a nuestra industria funeraria, era el casco del que fue, cosidos el pecho y el vientre en cremallera, con unas puntadas burdas, chambonas. Algunos tenían a sus pies el acta correspondiente de levantamiento del cadáver, pero no todos: Colombia nunca ha sido muy regular en sus cosas; es más bien irregular, imprevisible, impredecible, inconsecuente, desordenada, antimetódica, alocada, loca… El hombre invisible les fue pasando revista a los muertos. Tres cosas en especial le llamaron la atención de esos cuerpos desnudos sin corazón que pudiera volver a sentir el odio: la cabeza (y la de algunos con los pelos revueltos, erizados) vaciada de sesos y rencores; el sexo inútil, estúpido, impúdico, incapaz de volver a engendrar, hacer el mal; y los pies que ya no llevarían a nadie a ninguna parte. Entonces reparó que sobre los pies de uno de esos cadáveres había otro, pequeñito, orientado en sentido vertical como los brazos de una cruz: el de un bebé recién nacido y recién rajado. Por un instante el hombre invisible pensó que el cadáver de la persona adulta era el de una mujer, la mamá, a la que le habían hecho la cesárea puesto que también tenía el vientre rajado. Pero no, era un hombre, otro más, y le habían puesto encima el cuerpecito del niño porque simplemente no tenían mesa vacía donde acomodarlo. El hombre invisible recordó esas combinaciones de objetos mágicas, insólitas con que soñaban los surrealistas, como por ejemplo un paraguas sobre una mesa de disección. ¡Surrealistas estúpidos! Pasaron por este mundo castos y puros sin entender nada de nada, ni de la vida ni del surrealismo. El pobre surrealismo se estrella en añicos contra la realidad de Colombia.

Entonces lo vi, sobre una de esas mesas, uno más entre esos cuerpos inertes, fracasos irremediables. Ahí estaba él, Wílmar, mi niño, el único. Me acerqué y tenía los ojos abiertos. No se los pude cerrar por más que quise: volvían a abrírsele como mirando sin mirar, en la eternidad. Me asomé un instante a esos ojos verdes y vi reflejada en ellos, allá en su fondo vacío, la inmensa, la inconmensurable, la sobrecogedora maldad de Dios.

A sus pies estaba su acta de levantamiento del cadáver. La leí de prisa. Nada especial. Que iba en un bus atestado y le habían disparado por la ventanilla desde una moto. Que cuando el agente de la Fiscalía llegó al bus detenido a levantar el cadáver, salvo al chofer ya no encontró a nadie: se habían ido todos a sus casas a oír el partido de fútbol, y a comer, a fornicar, a parir más hijos. En cuanto al chofer, ni vio ni oyó nada, él estaba en su trabajo, manejando y cobrando. Se anotaba en las «Observaciones» que el presunto cadáver llevaba en el bolsillo del pantalón el número de un presunto teléfono: el mío, al que me llamaron. Para que no se fueran a enredar siguiendo pistas falsas pues si alguien no lo pudo matar ni mandar matar era yo, que lo quería, saqué mi bolígrafo y taché el número veinte veces: a ver si la ciencia forense colombiana era tan competente que alcanzaba a leer por sobre veinte tachones.

Si en un principio, de entrada, el hombre invisible pensó, por su color translúcido, que los cadáveres de la sala de necropsias estaban refrigerados, después descubrió que no. No. Era la transparencia de la muerte que nos deja a todos como santos coloniales de madera policromada, pero con colorcitos discretos, lívidos, de opalino a alabastrino. Los que sí están refrigerados son los N.N., o no identificados, que van a una cava o frigorífico desnudos, colgados de unos ganchos como reses por tres meses, al cabo de los cuales, si nadie los reclama, el Estado los entierra por su cuenta. El Estado, esto es, Colombia, la caritativa. Cuando el hombre invisible salió, ya era un experto en todo esto. Lo último que vio fue un cadáver boca abajo en una mesa chorreando sangre de la cabeza sobre el piso, y en el mismo piso, en un rincón, una ropa tirada: unos pantalones, una camisa y unos zapatos. Un moscardón pasó zumbando, alborotando el olor fresquecito de la Muerte.

Salí por entre los muertos vivos, que seguían afuera esperando. Al salir se me vino a la memoria una frase del evangelio que con lo viejo que soy hasta entonces no había entendido: «Que los muertos entierren a sus muertos». Y por entre los muertos vivos, caminando sin ir a ninguna parte, pensando sin pensar tomé a lo largo de la autopista. Los muertos vivos pasaban a mi lado hablando solos, desvariando. Un puente peatonal elevado cruzaba la autopista. Subí. Abajo corrían los carros enfurecidos, atropellando, manejados por cafres que creían que estaban vivos aunque yo sabía que no. Arriba volaban los gallinazos, los reyes de Medallo, planeando sobre la ciudad por el cielo límpido en grandes círculos que se iban cerrando, cerrando, bajando, bajando. Es la forma que tienen ellos de aterrizar, con delicadezas, con circunloquios sobre lo que les corresponde pero que el hombre necio, enterrador, les quiere quitar ¡para dárselo a los gusanos! Yo pienso que es mejor acabar como un ave espléndida surcando el cielo abierto que como un gusano asfixiado. Bueno, digo yo... Bajé el puente y entré a un galpón inmenso que no conocía. Era la famosa terminal de buses intermunicipales atestada por los muertos vivos, mis paisanos, yendo y viniendo apurados, atareados, preocupados, como si tuvieran junta pendiente con el presidente o el ministro y tanto que hacer. Subían a los buses, bajaban de los buses convencidos de que sabían adónde iban o de dónde venían, cargados de niños y paquetes. Yo no, no sé, nunca he sabido ni cargo nada. Pobres seres inocentes, sacados sin motivo de la nada y lanzados en el vértigo del tiempo. Por unos necios, enloquecidos instantes nada más… Bueno parcero, aquí nos separamos, hasta aquí me acompaña usted. Muchas gracias por su compañía y tome usted, por su lado, su camino que yo me sigo en cualquiera de estos buses para donde vaya, para donde sea.

>Y que te vaya bien,
>que te pise un carro
>o que te estripe un tren.

Contemporánea

FERNANDO VALLEJO
El desbarrancadero

DEBOLSILLO

FERNANDO VALLEJO
ESCOMBROS

ALFAGUARA

LA CONJURA CONTRA PORKY

Fernando Vallejo

Alfaguara

Este libro se terminó
de imprimir en Bogotá, Colombia,
en el mes de noviembre de 2024

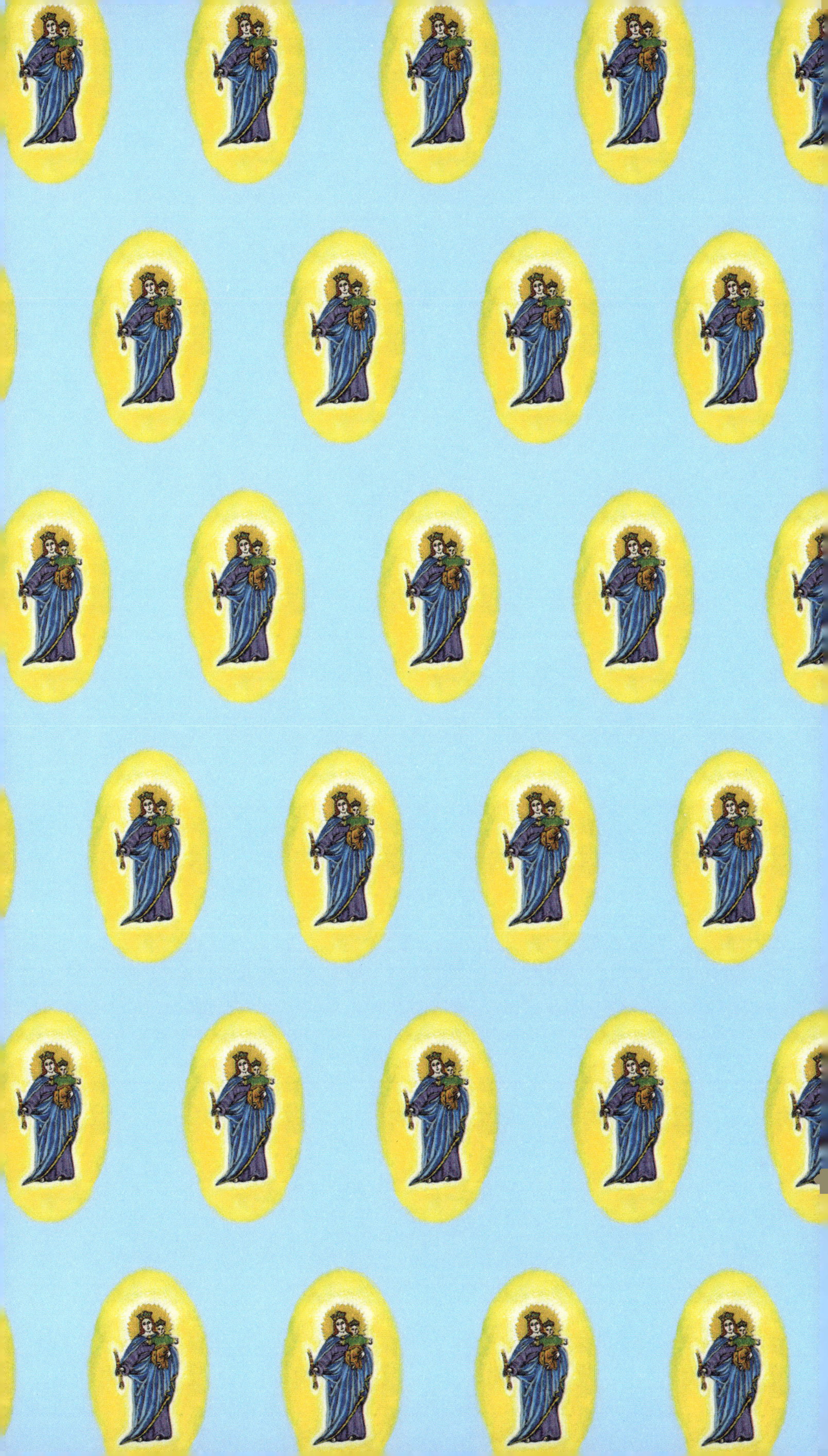